POURQUOI TU M'AIMES PAS ?

Paru dans Le Livre de Poche :

LE GRENIER

JE PRENDS RACINE

LA REINE CLAUDE

CLAIRE CASTILLON

Pourquoi tu m'aimes pas ?

ROMAN

FAYARD

À Thierry Bédossa.

Il s'arrête chez le poissonnier pour caresser une anguille. Je reste caché, j'ai peur de ne pas l'approcher assez doucement. J'achète le pain et monte vite rejoindre ma mère à la maison. Un jour il déraillera, et certains maraîchers hocheront la tête en le regardant, le fou, avec son petit cartable. T'as ton tan's ? plaisanteront-ils entre eux. Quand je regarde mon père, cette chair molle livrée aux loups, ma gorge se noue. Il traîne dans le marché couvert. Il va attendre la nuit pour rentrer. C'est toujours cette lassitude à l'idée de devoir ouvrir la bouche, dire bonsoir, ce mal dans la peau, mal à ses membres lourds, ce sommeil aux aguets, prêt à l'abattre en plein vol.

Ma mère lui tient froid. Elle a chaud, elle transpire, la pauvre, à force de lui tendre de l'amour, qu'elle dit, qu'elle croit, et qu'il ne prend plus. C'est qu'ils vivent un amour qui ressemble à l'ennui, une étape imbécile, à deux, à se chamailler. Je crois qu'elle l'aime parce qu'il le faut. Lui reste pour l'enfant, l'enfant bientôt jeune homme qu'ils ont eu finalement. *Ta mère avait un ventre qui perdait les enfants*, me raconte mon père, les jours où ses soupirs s'enchevêtrent de mots. Sa jalousie du début, des premières années du mariage, la rendait si nerveuse, c'est mon père qui raconte, que son ventre, de peur d'être trompé, commençait le travail trop tôt. On appelait, il accourait, l'hôpital, la maison, elle perdait ses enfants et ils remettaient ça. Il voulait la remplir à nouveau. *Huit mois, tu entends ?* lui disait-elle. *Huit mois que j'attendais cet enfant, et toi, tu faisais exprès de rentrer de plus en plus tard. Tu avais rendez-vous avec les copains mais les copains c'est bien joli quand on a une épouse qui se vide.*

Elle a fait des démarches pour un vrai enterrement, elle disait à mon père qu'après huit mois de grossesse on avait le droit d'enterrer son enfant. *Aide-moi au moins, aide-moi à lui trouver une digne sépulture maintenant que tu l'as tué.* Ma grande sœur de moins un mois gît au cimetière du coin. Parfois je lui rends visite. J'imagine qu'elle se serait occupée de moi, elle aussi. Ça aurait été un peu plus pesant.

Enceinte pour la quatrième fois, ma mère est restée tranquille, elle ne fouillait plus dans les affaires de mon père, elle avait cessé de le surveiller, et c'est ainsi que je suis né. Elle a tout choisi, mon prénom, mes vêtements, mon lait, mon jouet préféré, le jour de ma naissance. Mon père s'est terré dans un coin en attendant que ça passe. Il a un peu grossi. Il a perdu ses amis. Lorsque, après l'accouchement, il a ouvert la porte de la chambre, ma mère lui a souri tout simplement. Sans doute a-t-il pensé qu'ils allaient à nouveau être heureux, comme ils l'avaient été durant les six mois précédant le mariage. Il avait bien noté chez elle des sautes d'humeur, et des manières bizarres, proches de celles de sa belle-mère, ma grand-mère, cette façon de pouffer quand quelque chose la choquait, de pouffer en rentrant le menton. Mais il devait trouver ça joli, ça lui donnait un air de femme mûre et il n'avait pas encore l'âge d'aimer les jeunes femmes.

Le soir, quand il revient du travail, ma mère me dit *n'embrasse pas ton père, il est sale !* ce qui pourrait le mettre hors de lui, mais non, il le sait, il est sale parce qu'il vient de dehors, il se lave les mains. *Et le visage !* lui crie ma mère, *n'oublie pas le visage*. Il vient me regarder terminer mes devoirs. Il me demande si ça rentre. Puis nous dînons, il se racle la gorge quand le silence est lourd, il regarde ma mère, et s'il ne le fait pas, elle dit *j'ai quelque chose qui cloche ? Pourquoi tu ne me regardes pas ?* Il trouve qu'elle ressemble aux autres femmes, elle n'a pas de particularité ravissante qui lui permettrait de la reconnaître entre mille, un charme qui parviendrait à le conquérir encore, à chaque vision, comme au début, la première fois, quand elle a souri et dévoilé ses dents, qui avaient conservé l'aspect crénelé de celles des enfants. Il se demande qui a bien pu lui ôter sa grâce. Un dentiste, sans doute, qui les aura limées à sa demande. Elle voulait des dents d'adulte. Ma mère, déçue par la vie jusqu'à le prouver dans la rectitude de ses dents, repasse la nappe avec ses doigts et soupire quand elle trouve une miette, parce que ce sont les miettes de mon père. Elle soupire et je sais qu'elle voudrait lui dire que, au point où il en est, il pourrait faire comme moi et les manger, ça éviterait d'avoir à nettoyer.

Mon père regarde le menton de ma mère, qui fuit et n'en finit pas de fuir. Depuis quarante années qu'elle le porte, il a glissé derrière sa bouche dont les commissures se sont affaissées. Il pense qu'au lieu de lui limer les dents on aurait mieux fait de lui redresser le menton. *Je te signale que ce n'est pas exactement le même prix*, lui dirait-elle s'il se permettait de lui faire partager sa pensée. Agacée par ce regard usé sur elle, elle finit par lui dire *Scrabble ? Ça, au moins, ça passe le temps. Avant, je finis de ranger et je couche le petit.*

Elle range dès qu'il arrive. Elle a traînassé toute la journée et gardé son rangement pour son retour. Elle range en songeant aux autres améliorations physiques qu'elle pourrait s'offrir si seulement son mari avait plus de moyens. Je vais me coucher. Elle vient m'embrasser et je lui laisse croire que j'ai quelques années de moins. Moi, le petit, je passe mes bras autour de son cou et parfois même je lui demande de rester un moment. Son bonheur est immense, mais sa raison triomphe. *Tu as école demain, sois sage, il faut dormir maintenant. Lis un peu si tu veux.*

Ils ont donc instauré le Scrabble, auquel je ne participe que le week-end. Ma mère nous a abonnés au câble et regarde des reportages animaliers en jouant ; elle coupe le son pour ne pas entendre le bruit de la faune.

Pendant que je cherche le sommeil, introuvable, perdu depuis des années, depuis que j'ai cette histoire bloquée là, en travers, celle de mes parents, ma peine à les regarder se débattre chacun dans son genre misérable, mon père dispose le jeu, et il pense à elle, la phrase qu'il a prévu de lui dire ce soir, la phrase où il annonce qu'il la quitte parce qu'il s'ennuie. Comment dormir dans ces cas-là, sauf à les laisser tous les deux, face à face, se démener comme des braves dans leur mauvais amour. Je sais que ça la guette, parce que ça le démange. Il va lui expliquer que leur vie est un gâchis, qu'ils pourraient finir par en crever, debout, d'un coup. Il ne veut rien lui épargner, mais tout expliquer, qu'à la fin elle baisse les bras et murmure *va-t'en*. Il doit lui démontrer qu'elle ferait bien de sauter par la fenêtre immédiatement et de le laisser veuf. Il va lui dire qu'il trouvera ensuite pour leur fils une belle-mère admirable, jolie et douce, jeune et drôle. Il va lui promettre d'aimer passionnément sa remplaçante et d'envelopper leur fils d'un grand manteau de calme et de chaleur. Il va lui expliquer que c'est mieux pour tout le monde.

– Tu veux une tisane ?

Il n'a pas entendu. Elle répète, insistante, plus fort, la voix brisée. Une troisième fois, et sa voix lui fait peur.

Mon père pense à moi, à mes rêves, au pays vert et bleu où poussent fleurs et lapins, devasté soudain par une tempête sauvage. L'herbe est trempée de tisane, le ciel gronde et les lapins meurent, sur le dos, gueule ouverte, noyés dans la badiane.

– Non merci.

– Je t'en ai fait une quand même. Il faut que tu boives, sinon tu vas avoir mauvaise haleine, dit-elle en posant la tasse devant lui.

Le pays des rêves sent la charogne, les corps des lapins noyés sont dévorés par les vautours. Il n'y a plus de vert, de bleu. Tout est noir. Chez nous, on n'est pas fait pour la lumière. On s'est trompée d'étage. On aurait dû vivre sous le parquet, ou dans une cave. On aurait dû, avant de naître, vendre notre corps à la science, et avec l'argent gagné, offrir à l'os en reste une sépulture en marbre.

Mon père regarde ma mère. Boudinée, il la trouve boudinée et il se dit que s'il était un de ses amis ou un collègue de travail, il penserait que la femme de son ami ou de son collègue de travail est un cageot. Elle le trouve terriblement mou et ne supporte plus son nez luisant de sueur, qu'il essuie parfois d'un revers de manche. Ça lui fait penser à des larmes retenues qui jailliraient de manière intempestive, sans décence, et elle déteste sa vie avec un homme qui pleure. Ma mère s'assoit et fait claquer sa langue en cherchant son mot. Elle adorerait que ça compte triple. Eux, si ça comptait triple, ça ferait quarante-cinq ans. Ça ne pourra pas durer et je voudrais leur dire qu'ils me font honte et peur, elle avec ses tisanes, lui et ses mimes de violence. Lorsqu'il se trouve hors de sa vue, il lui répond, l'impertinent, il réplique avec de grands gestes des bras, son visage se crispe, sa bouche s'ouvre et se ferme à toute allure sans qu'il n'en sorte un seul son, il les garde là, enfouis, c'est sa musique. Ils me font tant de peine, mes si petits amours que j'aimerais aduler, et je m'en veux, je m'en veux toujours d'avoir la bêtise de les espérer plus grands.

Certains soirs, je les ai vus, il la renverse sur le canapé. Elle se laisse faire, les cuisses écartées, œil figé sur un mot que lui souffle le plafond. Elle dit juste *tu m'écrases*. Après, je l'entends qui court se laver et ils abandonnent la partie. Mon père pourrait tricher, mais il ne le fait pas, il va se laver aussi pour qu'elle ne lui dise pas, car il sait qu'elle va le dire, *ne te rassois pas comme ça, ça va couler sur le sofa, ça colle, ce machin, tu salis tout, tu es sale.*

Ils ont payé le séjour avec les économies de mon père. Elle a choisi un canapé, un fauteuil et une table basse. *Tant pis pour le deuxième fauteuil*, a-t-elle maugréé devant le vendeur. *Si j'en voulais deux, je n'avais qu'à pas épouser un comptable.* Mon père a eu honte.

Mon père aurait aimé que le vendeur la kidnappe et qu'elle termine ligotée à l'arrière d'un camion de livraison. Le magasin l'aurait proposée en cadeau, petit plus, en naine de salon, gratuite. Les gens auraient refusé poliment, prétextant un manque de place. Peu à peu, elle se serait désagrégée et on l'aurait confondue, en balayant le camion, avec de la sciure de bois. Alors, mon père aurait acheté lui-même, sans l'aide de personne, selon son seul goût, un canapé en tissu bleu ou vert, couleur des rêves de ce fils qu'il n'aurait sans doute pas eu. Et il aurait culbuté n'importe qui sur ce canapé fait pour recevoir des amantes aux pieds charmants et aux cheveux si doux. Il aurait épousé l'un de ces trésors et, au soir des noces peut-être l'aurait-il surprise au café d'en bas, le corps maculé de bleus et la bouche abîmée, on l'aurait battue, un homme l'aurait saccagée, et elle n'aurait plus eu que lui et toute la vie pour se remettre de blessures qu'elle n'aurait pas fait exprès d'attraper.

Parfois je rêve pour lui d'un regain de douceur. Son bel ange amoureux avance vers l'autel. Elle a cette fierté des mariées fabuleuses, le regard dans la brume, le corps fragile et droit. Bientôt il dit *ma femme* et aux amantes qu'il ne prendra jamais, *non, je ne vous désire pas, j'aime ma femme, et c'est tout.* Ma jeune épouse sans jalousie, avec laquelle je ne fabriquerai que des enfants vivants. Ma jeune épouse qui ne beuglera pas depuis la cuisine que je pue de la gueule, mais m'embrassera fougueusement dans le hall de l'immeuble pour montrer aux voisins combien elle m'aime. Ma jeune épouse inlassablement baisée sur le canapé tellement mouillé que les invités attraperont mal en s'asseyant dessus.

Je ne devrais pas parler comme ça à mon âge. J'ai grandi trop vite, habité par un mal de vivre qu'on ne ressent jamais si jeune. J'ai l'impression d'avoir cent ans.

Je me relève pour voir si ça va, ou vérifier que personne n'est mort pendant le Scrabble. J'ai peur que ça empire ou que ça s'arrête, que ma mère découpe ses bourrelets, que mon père se pende pendant qu'elle s'occupe de faire bouillir l'eau, ou qu'elle se trompe et le fasse bouillir, lui.

– Tu rêves ou tu joues ? Allez, dépêche… J'ai un mot…

– Il faut que je te dise…

– Oui ?

– Non. Rien.

– Tu as un mauvais jeu, c'est ça ? Saute ton tour, allez, à moi maintenant. Il faut que je mette la table et que j'aille fermer les volets.

Je vais me recoucher. Il ne lui dira rien ce soir. Un jour, il la frappera et elle tombera morte, les côtes enfoncées. Je me demande à quoi pense ma mère quand elle prépare les tasses du petit déjeuner comme si le temps ne pouvait pas tourner bêtement sans elle, comme si les choses n'allaient pas s'organiser forcément toutes seules.

Mon père voudrait lui ordonner de laisser les volets ouverts, et lui demander si elle ne trouve pas qu'il fait déjà assez noir comme ça. Mais il ne dit rien, il se tait, il cherche un mot, un mot de deux lettres avec W, qui va lui permettre de gagner et d'en finir. Il n'arrivera pas à la quitter. Il y aura les parents de ma mère, toujours là pour protéger leur fille, sanctifiés par leurs deux portraits au-dessus du buffet, qui nous veillent, comme elle dit chaque soir. Elle éteint la pièce avant d'aller dormir, ôtant un dernier grain de poussière à l'interrupteur, elle dit *bonsoir papa, bonsoir maman*. Mon père la regarde. Il voudrait que sa femme ait encore des dents en dentelle. Il voudrait qu'elle ne se refuse pas à lui quand il essaie de trousser sa jupe du côté du buffet. C'est quand elle dit bonsoir à ses parents qu'on sent tout le mépris de mon père. Il aimerait leur crever les yeux, que des coucous leur sortent des orbites.

S'il reste, quand il sera vieux, il sera somnambule. Il verra dans le noir et il deviendra fou. Il balancera ma mère endormie par la fenêtre, l'air frais l'éveillera et elle mourra d'une crise cardiaque avant d'atteindre le trottoir. Elle trouvera moyen avant de rendre son dernier souffle de faire sa mine rentrée de femme qui ne veut pas rire et se contient. Elle énervera les clochards. Ils violeront son cadavre explosé sur l'asphalte et en marqueront le contour avec du vin avant d'y foutre le feu. On n'en parlera plus. Mon père ira se recoucher.

Leurs nuits sont longues. S'il me quitte, cauchemarde ma mère, s'il me quitte, il gâchera sa vie, et s'il ne la gâche pas, moi, je me chargerai de la lui pourrir. Après, elle s'éveille et pleure contre mon père, qui lui dit *c'est passé, c'est passé, tout va bien, je suis là.* Coincée dans l'attente, étirée par le suspense de son départ, elle se lève, l'insomniaque, va astiquer l'évier comme si on lui avait vomi son dîner dedans. Elle s'épuise sur la vidange, elle aimerait bien que ça brille autant qu'au début, quand on lui a installé la cuisine. Ça fait partie de ses regrets. Ce n'est pas faute d'en avoir pris grand soin.

Et mon père ne se rendormira pas, sa nuit est finie. Il a peur. Peur de cette satanée femme qui lui donne des maux de ventre, le soir, quand il rentre du travail. Il marche d'abord lentement à cause de ce fil qui veut le pêcher et lui présenter d'autres courants, puis soudain vite parce que, s'il a du retard, elle va le lui faire savoir, d'une manière ou d'une autre, en nous servant une tarte calcinée, ou en soupirant devant son dîner gâché. Alors il se hâte finalement et, une fois dans notre rue, il constate qu'il fait déjà gris. Il croise des hommes qui lui ressemblent, en moins mou sans doute, moins liquide, et d'autres à l'air bien plus tranquille. Ils seront bien traités ce soir, cajolés et aimés. Lui, aura les soupirs et les miettes sous les pieds, qui feront *crac crac*, dit la femme, crac crac tant qu'elle ne les aura pas ramassées.

La paix, il voudrait la paix. Ma mère est victime de crises dès que mon père a du retard. De ma chambre, je l'entends enrager toute seule, la voix rauque, acharnée, parler et raconter l'histoire d'un organe qui pousse chez les femmes, une glande spécialisée dans la conservation des maris. Au début, je croyais qu'elle lisait des textes à haute voix, et puis j'ai écouté, alors j'ai mieux compris.

Tu ne feras pas ça. Je ne veux pas que tu t'en ailles. Tu es trop gros pour partir, trop mou, je t'ai rendu mou, mou comme un élastique, si tu pars, tu reviens, c'est la règle. Tu t'éloigneras lentement, puis vite, un peu plus loin, et une fois l'élastique bien tendu, tu rentreras, toujours, parce que tu ne pourras jamais faire autrement, parce que tu me quitteras sans le vouloir vraiment, comme tu m'as épousée, orgueilleux phénomène…

Je voudrais prendre ma mère dans mes bras, lui dire combien tout cela a peu d'importance, si peu, en regard de l'amour que je lui porte, je voudrais qu'elle apprenne, comme mon père, à se satisfaire de ma tendresse de fils, qu'ils arrêtent avec leur histoire. Elle n'entend pas mes pleurs nocturnes. Mon père tarde et elle continue. Moi, je sais bien qu'il ne fait rien de mal. Il erre parce qu'une minute de moins ici, c'est une minute de moins à lutter. Le marché a fermé. Il traîne dans les rues, il imagine ce qui se passe derrière les fenêtres des autres maisons. Il n'aime pas quand il y fait sombre, ni quand c'est trop éclairé. Il n'aime pas les rideaux tirés derrière lesquels ça rit trop fort. Il aime bien écouter les disputes, mais ça le gêne. Tandis qu'il hésite à regarder, à entendre, ma mère, à la maison, enrage.

Qu'est-ce que tu fiches ? Tu me trompes, c'est ça ? Tu vas me quitter, je suis sûre que tu vas me quitter pour une plus jeune, une plus gaie que moi, une qui saura y faire, avec ton corps et dans tes bras. Tu ressembleras vaguement à son papa ou à son frère, ce ne sera jamais qu'une histoire de parfum, la marque de tes cigarettes, la façon que tu auras de regarder le ciel, ou bien ce sera le contraire, tu seras l'inverse et elle te prendra parce qu'elle haïssait son père et ses frères qui la violaient avant de la livrer aux copains, et quand elle en aura fini avec ses souvenirs, tu rentreras, amaigri, brisé, anéanti, tu l'appelleras dans ton sommeil, tu la suivras, tu la guetteras en bas de chez elle comme un pauvre mec, tu finiras par me demander de t'aider à la rattraper. Et je t'aiderai, sans doute, froide mais attentive, je t'aiderai juste pour le plaisir de te voir abandonné une seconde fois. Parce qu'elle te quittera encore, évidemment, trop vieux pour elle, trop mal habitué. Au début, tu seras galant, tu l'emmèneras au restaurant, faire les boutiques, tu essaieras de deviner ce qui lui plaît bien et, le soir, elle trouvera sur son lit, votre lit, une petite robe devant laquelle elle s'était arrêtée. Tu lui apporteras des fleurs, tu l'aideras à débarrasser la table, peut-être même que tu tenteras une ou deux recettes de cuisine, pour qu'elle se repose. Tu emploieras un vocabulaire de jeune, tu recommenceras à fumer, tu passeras tes dimanches vautré sur un grand lit à lui dire que tu l'aimes. Elle appellera une de ses copines et tu te proposeras de l'inviter à dîner. Tu auras l'air d'un pervers au fond d'un restaurant pendant qu'elles ricaneront comme deux adolescentes. Tu te demanderas si tu n'as pas envie des deux, tout à coup, pour te venger de l'humiliation essuyée dans ce restaurant. Et puis, en bon père de famille, tu raccompagneras la copine, mais rien ne pourra t'empêcher de lorgner son petit cul de profil, tandis qu'elle poussera la porte de l'immeuble et fera au revoir avec la main et merci du bout des lèvres.

Dans la voiture, notre voiture, tu lui toucheras le genou, elle montera le son de l'autoradio et tu chanteras avec elle, un coude posé sur la vitre baissée, une main dans sa culotte, vous aurez un accident.

Si vous survivez, si avant le choc tu récupères tes mains pour tenir le volant, vous en crèverez quand même et pour n'importe quoi. Elle aura surpris tes regards sur sa copine, ou bien elle t'aura trouvé vieux pendant ce dîner, ou bien elle se lassera de toucher ta peau molle. Tu auras beau rentrer le ventre et te déshabiller à toute allure, elle détaillera ton corps et rien ne lui échappera, ni les plis, ni les rides, ni les poils gris ni les taches de cimetière.

Tu lui diras que tu ne me quittes pas tout à fait, à cause de mes suicides, de ma vieillesse.

Mais tu lui promettras qu'en dehors d'elle personne ne compte.

Ta petite chérie t'écrira des lettres d'amour ou de menace et un jour, enfin, des lettres trempées d'un nouveau sentiment qu'elle aura exploré, le mépris. Ce jour-là, elle parlera de nous, et de son impuissance à comprendre comment tu en es arrivé là, à finir ta vie avec moi. Elle t'écrira *mon pauvre, reste avec ta bonne femme, tu as raison.* Elle a raison, reste avec moi. Quand on sera vieux, on cherchera, ensemble, ou bien elle trouvera pour nous, comme une bonne fille, une maison de santé où nous mettre, pour qu'on y meure tranquillement. Une maison pour gens bien qui ont gagné le droit de vieillir entre eux. Aux heures des repas, je t'expliquerai pourquoi c'est parfait pour nous. Tu hocheras la tête, peut-être auras-tu perdu toute envie de fuir, tu répéteras comme je répète maintenant et comme je répéterai encore dans trente ans que c'est une aubaine, une véritable aubaine qu'il y ait eu de la place. Un strapontin dans l'ascenseur et une rampe le long des couloirs, on ne pouvait pas rêver mieux. Et des fleurs, des fleurs à ne plus savoir qu'en faire, un jardin planté d'arbres et de fleurs de toutes les couleurs, où nous pourrons déjeuner, l'été. Mais sous un parasol. Qu'on ne passe pas notre retraite à soigner un mélanome. Avec les coups de pied qu'on se sera donnés pour tenir debout jusque-là.

Tu m'offriras ton bras pour faire le tour du parc, je ne me plaindrai presque plus, seulement de temps en temps, en levant les yeux vers nos carreaux et en disant *je te l'avais bien dit, on aurait dû choisir un étage plus élevé, regarde là-haut comme le soleil tape encore à cette heure*. Et tu me presseras le bras en répondant *allons, ma douce, tu sais bien qu'il n'avait plus de choix, nous avons déjà beaucoup de chance d'avoir trouvé de la place.*

Notre fils nous rendra visite, il aura des enfants et, le mercredi, ils l'accompagneront. Nous les inviterons au restaurant de la résidence, nous serons fiers d'avoir de la visite, nous. On aura l'air d'une vraie famille épanouie au milieu des vieux esseulés. Les autres connaîtront les prénoms de nos petits-enfants et leur toucheront les cheveux ou la joue pour se rappeler comme c'est doux et lisse, l'enfance. Si nos petits-enfants sont trop bruyants, ou s'ils se moquent un jour d'un vieux qui bave, tu compteras sur moi pour les calmer un peu. Toi, tu leur expliqueras pourquoi ce n'est pas grave de baver, et comme ça importe peu. En nous servant le dessert, on nous souhaitera une bonne fin d'appétit.

Ma mère termine sa rengaine dans un brisement d'assiettes, elle a été géniale, mon père passe la porte de chez nous et lui baise le front. *Bonsoir ma chérie. Bonsoir.* Je regrette que mon père ne l'ait pas entendue. Ma mère a ce talent, spasmodique, qu'elle tire d'un coin de ses entrailles, de toucher l'extase en suçant son venin. J'ai l'impression qu'elle a trouvé la meilleure façon de jouir. Mon père l'aide à ramasser les morceaux sans demander comment c'est arrivé. Il n'est pas du genre curieux, à chercher d'où peut venir la fragilité des assiettes.

J'ai cent ans et le sentiment de savoir tout ce qui se passe dans la tête des gens. J'ai appris la naissance et la mort sans qu'on me les explique. Je sais quand un homme séduit une femme, je sais quand un commerçant me vole, je sais quand quelqu'un va pleurer. Et je touche trois fois la commode, sinon ma mère va se tuer, et je vérifie quatre fois sous mon lit, sinon mon père ne va pas rentrer. J'ai la terre entre les mains ; sans moi pour la faire rouler, il y a longtemps qu'elle aurait fini de tourner. Enfant précoce, enfant sage, enfant attentif, que n'ai-je reçu comme lauriers et entendu comme compliments. Pour moi, je suis anormal, imbibé par la vie des autres comme si la mienne était menacée et que je devais, à tout moment, vérifier que l'ennemi n'est pas prêt. Je ne sais pas ce que c'est que s'amuser, jouer dans sa chambre et échanger des billes. Mes billes sont mes billes, je ne veux pas qu'on me les prenne.

C'est mon anniversaire. Treize ans maintenant que nous fêtons ce jour comme s'il s'agissait d'un événement. Et l'on se coupe en quatre pour que la joie demeure. J'ai demandé une glace, pensant que ça éviterait les miettes. De son côté, ma mère a prévu une garbure et un rôti de veau. À voir mon père, on dirait qu'il a déjà mangé. Il déchiquette son veau, dont il a craché deux morceaux qui le contrariaient, et je regarde ma mère qui se retient, ça oui, elle s'y emploie, un jour comme aujourd'hui, mais ça va sortir, quand même, ça se voit à ses yeux qui se mouillent, elle va dire *de la confiture à un cochon. Oui, de la confiture à un cochon. Moi qui t'ai servi du maigre… Si tu trouves des nerfs, avale-les, qui sait, ça t'en donnera peut-être un peu. Du nerf.*

Je suis désolé que ça soit mon anniversaire et que ça nous oblige à étirer le repas à cause de la joie qu'on s'en faisait.

Ma mère apporte la glace, qui fond sous les bougies.

– Je l'ai sortie trop tôt, dit-elle en reniflant. Regardez-moi ce travail. Souffle vite, mon chéri.

Je souffle les bougies, mais maman les rallume parce que papa a tardé à cadrer la photo. Elle les rallume une troisième fois, *mais c'est la dernière*, parce que papa va se servir de son retardateur pour nous prendre cette fois tous les trois. Moi, le petit, assis derrière son dessert, et eux, de chaque côté, l'air brave et l'œil humide, parce qu'il n'y a rien à faire, chez nous, contre l'humidité de l'œil. Je commence déjà à en souffrir, ouvrant le paquet que l'on me tend et dans lequel je trouve la montre-chronomètre qu'ils ont tous, à l'école, depuis l'année dernière. La montre qui me faisait rêver et que je croyais réservée à ceux dont les parents s'aiment ; la montre dont je n'aurais jamais osé évoquer l'existence devant mes parents. J'éprouve un malaise immense. Treize ans que j'ai la prescience de ce qui se passe là. Le temps. Le temps forcément douloureux, et l'impossibilité pour certains êtres d'accéder au bonheur. Sans savoir pourquoi et sans le faire exprès, je souffre que l'on m'offre le cadeau dont je rêvais. J'aurais préféré être battu au sang et enfermé à double tour jusqu'au lendemain de mes quatorze ans. Mon père sourit et puis soudain il sort s'aérer.

– Va voir les copains, chéri. Profite que c'est samedi... En plus il fait beau, dit ma mère.

– Non, maman... Je veux rester avec toi.

– Tu veux qu'on fasse un Scrabble ?

Et elle le dit comme ça, elle le dit sans savoir que ses descendants se légueront le Scrabble antique, faute de bijoux, de médailles ou d'ornements. Finalement, ma mère a peu d'objets personnels. Mon père fait ce qu'il peut, mais c'est toujours la même histoire, la larme. Alors il hésite, il se demande s'il ne vaut pas mieux oublier son anniversaire que de la voir pleurer devant son cadeau. Ce qui lui ferait vraiment plaisir serait un beau cercueil, je crois. Ça la rassurerait de savoir que ce n'est pas moi qui aurai un jour à payer l'enterrement. Mais je ne peux pas l'expliquer à mon père. Honteux de la faire pleurer, il a pris le pli de dire *tu peux changer, tu sais, si tu n'aimes pas*.

Mais ce n'est ni la couleur du cadeau, ni sa forme, qui la font pleurer comme ça, c'est son poids, jugé immérité sans doute, puisqu'elle dit *tu es complètement fou, c'est trop pour moi.*

Mon père sort rarement faire un tour. Une fois qu'il est là, il est là. Mais parfois l'air vient à lui manquer, alors il part. Et ma mère pense qu'il prend plaisir à gâcher les festivités. *Il ne supporte pas les fêtes, il ne faut pas lui en vouloir*, me confie-t-elle en haussant les épaules. Le couperet tombe, entraînant dans sa chute l'envie double de la prendre dans mes bras et de l'abattre, de l'embrasser et de l'envoyer valser contre une étagère. Qu'est-ce que ce sera quand elle sera vieille et quel genre de pitié éprouverai-je en la regardant ?

Je ne pourrai pas soutenir la vision de ma mère faisant sa sieste, un courant d'air glissant entre ses lèvres sèches. Je lui préparerai des purées enrichies de lait, de beurre, d'huile et d'œuf, pour l'empêcher de tomber en miettes. J'imagine que mon père sera parti avant, et que son absence l'aura fait maigrir.

Elle me demandera des nouvelles, toujours les mêmes, de la guerre au Japon, des tickets de rationnement, des Allemands. Quand je retournerai travailler, elle me dira *merci mon grand, ne t'inquiète pas, je vais aller voir si je peux récupérer quelque chose au marché noir.*

Parfois elle se trompera et m'appellera *ma fille*. Je me retournerai une dernière fois en sortant et je verrai ma mère debout, agitant ses doigts gourds. Son jupon dépassera de sa jupe.

Je ne peux pas nier qu'elle m'aura bien préparé à sa mort. Je l'aurai vue lentement décliner. Elle ne m'aura pas claqué entre les doigts d'un seul coup, au sommet de sa forme. Mais j'ai le sentiment que la peine que j'éprouverai en la perdant n'aura rien à envier à celle que j'éprouverai en la voyant se servir de son fauteuil comme d'un déambulateur. Elle placera des pense-bêtes partout, pour ne pas oublier Noël, ma fête ou mon anniversaire. Elle en mettra aussi sur la couverture du programme télévisé, rangé à son côté, sur le radiateur, et qu'elle aime déjà poser sur ses jambes dès qu'il a assez tiédi pour réchauffer ses genoux froids.

Je rentre déjeuner. La cantine n'est pas faite pour les enfants comme moi. On s'y chamaille et je n'aime pas le bruit. Le directeur du collège a conseillé à mes parents de me prendre le midi, pour éviter les drames. Ma classe, quant à elle, grâce au chef de bande Rodrigue, vient d'apprendre le mot « autiste » et on me l'assène cinq à dix fois par jour en le mimant. On fait semblant de se cogner la tête contre un mur et on pousse des plaintes animales, puis on rit à gorge déployée. Mes larmes coulent à l'intérieur, j'ai été monté à l'envers. J'arrive à simuler un parfait détachement envers ces sournoiseries. Les rares rebelles qui ont décidé, malgré les menaces de Rodrigue, d'approcher « l'autiste » ont été bannis par la bande, alors ils ont reculé et repris leurs marques chez l'adversaire.

Comme dit ma mère, ils ne savent pas ce qu'ils font. *Et quand bien même tu serais autiste, je ne vois pas du tout ce qu'ils pourraient trouver à redire.*

Elle se contente d'espérer qu'un jour Rodrigue aura du cœur. Il comprendra que, avec des parents comme les miens, l'épanouissement est plus lent et assez fastidieux. Il se mettra peut-être à ma place. Mais être moqué, après tout, ne me rend pas malade ni terrifié à l'idée d'y retourner. Je sais que le monde n'est pas tendre et l'apprendre si jeune m'aidera à grandir. Je suis peut-être de ces garçons réservés qui profitent de leurs douloureuses années scolaires pour tirer leur épingle du jeu. J'ai l'étoffe d'un président, d'un chef d'armée. J'ai peut-être même un pouvoir magique, moi le ballot grassouillet et pensif, qui dans les cours d'école et de collège invente le futur de sa vie. Quand je serai grand, je serai libre. J'aurai une maison en bonbons et en caramel, je lécherai les murs et ce sera la génération spontanée, ils repousseront. Les dalles en sucre me poliront les pieds, que j'aurai tout doux, et par la cheminée sortira une fumée rose ou bleue, ça dépendra du sexe de ce qui aura flambé, garçon ou fille.

J'aurai le droit de sortir jouer au football la nuit, tout seul dans le terrain vague interdit aux garnements, et de dire aux gens qu'ils sont parfois sorciers. Je prendrai un drôle de plaisir à me trouver des ennemis si j'ai trop d'amis ou à me faire des amis si je me sens menacé. Je les choisirai noirs ou blancs, aveugles, sourds ou bizarres, je les prendrai brillants ou normaux comme les vraies gens, et je veillerai dessus toute ma vie, en échange de quoi ils veilleront sur moi. Il y aura quelques coups bas, alors j'en perdrai, un peu, dans la bataille, mais il en restera toujours assez pour venir m'enterrer.

Si on m'aime, je n'aimerai pas, si on ne m'aime pas, je me roulerai par terre, de rage, et nu pour qu'on me voie. C'est toujours au vide que je m'adresse et je remplis l'avenir d'espoirs que je ne tiendrai pas. D'ailleurs, quand j'aurai fini l'école, je deviendrai chercheur ou un métier comme ça ; je leur montrerai que chez moi, le gros, c'était mon cerveau. J'avais du cerveau en pagaille et partout, jusqu'autour des genoux. Ceux qui me traitent de lard seront fort aises un jour que je guérisse leurs misères. Je serai un gros docteur repéré entre mille. On dira Son charisme et non plus Ses carences. Je serai maître du monde. Ou alors assassin.

Très tôt j'ai admiré les menteurs. Avec un attachement particulier pour les menteurs violents. Ceux qui jurent n'importe quoi sur la tête de leurs enfants ; une tendresse particulière pour les menteurs venimeux, ceux qui disent à la femme qu'ils aiment, *regarde-toi dans la glace, regarde comme tu es monstrueuse quand tu ne me crois pas* ; j'éprouve aussi un certain élan pour les menteurs volontaires, qui vocifèrent, cognent, enragent dans leur petit univers torve. On dit même que certains menteurs ont violé des femmes et s'en sont toujours bien sortis tant ils gueulaient fort qu'elles affabulaient. J'aime surtout les menteurs qui vous droguent à coups de médicaments pour que vous demeuriez leur animal de compagnie, non pas leur chienne, vous n'auriez pas la force, mais, je ne sais pas, leur hippopotame. Leur hippocampe. Leur hypothalamus.

J'ai quitté l'école ce soir-là, seul comme les autres soirs, et j'ai changé de chemin. J'ai voulu passer devant le bureau de mon père. Des vitres sans tain, de mauvaise qualité, séparaient de la rue les bureaux où il travaillait. J'ai alors eu l'idée de lui faire la surprise pour le plaisir du pincement. Il allait se forcer à sourire comme je m'étais forcé à venir, comme j'allais me forcer à être heureux de me trouver là, et toutes ces forces réunies dans l'unique espoir de faire bouger les choses, de raviver les cendres, me pinçaient le cœur, m'irritaient comme autant de petites aiguilles enfoncées là où ça fait mal. À la place de mon père, une jeune femme regardait des dossiers. J'ai attendu un moment, mais ne voyant mon père apparaître nulle part, je suis entré.

La dame de l'accueil m'a tout de suite reconnu :

– Mais c'est notre petit chouchou qui vient nous rendre visite !

– Je viens voir mon père.

Et là, la dame de l'accueil a eu l'air étonnée.

– Mais il ne travaille plus là, ton papa, tu sais bien…

Je suis parti, pendant que la dame disait *mais ne te sauve pas comme ça, viens m'embrasser !* J'ai cherché mon père partout sans le trouver.

Je suis passé par le marché couvert, avant de rentrer à la maison.

Ma mère m'attendait plus tôt :

– Tu ne vas pas t'y mettre, toi aussi ! Où tu étais ? Je me suis fait un sang d'encre.

– J'ai joué.

– Joué ?

– Oui. Avec Rodrigue.

Ma mère a décoincé un majestueux sourire et m'a félicité en me caressant la joue, comme si c'était ma faute si Rodrigue ne voulait pas de moi dans la bande. Elle avait l'air folle de joie d'être enfin à la tête d'un enfant normal.

Mon père est arrivé. J'ai attendu qu'on sorte de table pour lui dire :

– C'était bien, le bureau ?

– Oui.

– C'est pas ennuyeux, le bureau, à force ?

– À force ?

– Oui. Tu en as peut-être assez…

– Non. Ça va. Tout le monde va travailler, c'est normal. Tu iras au bureau, toi aussi, un jour.

– Oui. Jirai. Moi, j'irai.

Il a compris que je savais et il a dit :

– P'tit con. P'tit con. Oh ! le p'tit con. Si tu l'ouvres.

Je venais de perdre mon père.

Ma mère, en tout cas, ne semblait au courant de rien. Comme à son habitude, elle était penchée sur ses lessives et ses carrelages pour en ôter la crasse. Elle n'avait pas l'air de se soucier du travail de mon père. Elle avait même ébauché un sourire quand, récemment, il avait proposé de nous envoyer passer un week-end à la campagne dans un relais-hôtel avec piscine et golf miniature, pour nous aérer. Elle ne lui posait jamais de question sur sa journée, parce qu'elle ne comprenait rien à la comptabilité, et qu'elle lui en voulait assez comme ça de ne pas gagner mieux sa vie, pour ne pas envenimer les choses en l'écoutant vanter les mérites de sa société. Il travaillait et puis c'est tout. Bienheureuse, elle astiquait, espérant quand même au hasard d'une poussée d'angoisse qu'on ne le mette pas à la porte, son salaire n'étant pas de trop et le p'tit con pas encore entièrement élevé. Parfois, elle confectionnait des espèces de touffes de lavande pour désodoriser les placards. Elle disait que, si par malchance le chômage nous prenait, elle se lancerait dans la vente d'objets faits main. Elle disait *la Provence attire. C'est comme ça. On n'y peut rien.*

J'avais grandi très vite, mais voilà que mon titre de con me fait pousser d'un coup. Je découvre mon père dans un square du sud de la ville en compagnie d'un landau et d'une jeune personne en robe.

J'ai trouvé le square en séchant l'école et en suivant mon père. J'ai trouvé sa maîtresse en suivant la bouche de mon père venue se poser sur celle de la jeune femme. J'ai trouvé le landau au bout des bras de la femme. Je me suis caché. À midi, ils sont entrés dans un immeuble, près du square. J'ai attendu que la porte se referme pour la rouvrir et monter, coller mon oreille contre chaque porte palière. Au troisième étage, mon père babillait gaiement en compagnie du landau. J'ai entendu la femme qui disait au landau :

– Mais oui, mais oui, mon chéri. C'est papa. Oui, c'est papa.

J'ai donc appris que mon papa était aussi celui du landau. Je suis rentré en courant pour déjeuner. Heureusement, l'école ne s'était pas encore inquiétée de mon absence auprès de ma mère. J'y suis allé l'après-midi en expliquant au surveillant que je ne m'étais pas réveillé. Il m'a souri.

J'ai attendu le samedi pour reprendre ma filature.

Je n'ai pas pu voir si la dame avait des dents crénelées ou pas. Ce que j'ai vu, c'est que le sourire de mon père et son infinie bêtise avaient l'air de la séduire. En effet, elle pouffait chaque fois que mon père lui posait la main sur les fesses, ce qu'il ne manquait pas de faire dès qu'elle s'adressait à un commerçant.

Je les laissai en plan, idiots et hilares. Adieu grands projets de futur, adieu aux promesses d'avenir ! Mon père avait une autre famille. Je devais prendre soin de ma mère. Je suis rentré, m'octroyant le droit de devenir son tuteur légal.

Quand mon père a fait son apparition, je l'ai bien examiné, mais tout était normal. De temps à autre, il sentait ses doigts. Après le dîner, il m'a embrassé en murmurant *pardon pour l'autre fois je t'ai mal parlé, je t'expliquerai, mon garçon, ne m'en veux pas*, et il est parti se coucher. Comme c'était samedi, j'ai regardé la télévision en compagnie de ma mère. Elle a choisi une émission sur les gens, des témoignages sur des histoires d'amour hors norme. *On dira ce qu'on veut, ils sont quand même tordus*, disait ma mère. À un moment, j'ai vu la dame au landau apparaître à l'écran. C'était bien elle, la même chevelure, les mêmes lunettes, le même air éberlué.

Le seul mystère émanant de madame X tenait à sa volonté de rester anonyme, alors qu'elle témoignait sans masque. Il fallait entendre la confidence qu'elle allait faire aux millions de téléspectateurs, dont ma mère. Madame X aimait un prisonnier. Ils avaient eu un enfant, toutefois conçu à l'air libre, le monsieur n'étant retenu derrière les barreaux que la nuit. Ils s'étaient rencontrés dans un square, un an auparavant. Ils avaient fait l'amour tout de suite, *à cause du coup de foudre*, chez elle, et c'est seulement en lui demandant de rester dormir, une semaine plus tard, que madame X avait appris que son compagnon de l'après-midi rentrait en prison le soir, *pour un crime qu'il n'avait pas commis*. Une question me taraudait, que je ne pouvais hélas pas poser à ma mère : comment était-il possible de désirer mon père si rapidement et d'éprouver de surcroît l'envie qu'il dorme à son côté ? Ce gras-double à l'air brave, imbécile et malheureux ?

Madame X souffrait de la séparation, à tel point qu'elle jurait que, si on ne libérait pas *entièrement* son homme, elle *commettrait l'irréparable*. Aiderait-elle à l'évasion ? Tuerait-elle le juge ? L'enfant ? Ça plaisait bien à ma mère, cette histoire. *Qu'est-ce qu'elle a eu besoin d'aller faire un enfant avec un prisonnier, cette tordue ?* Elle compatissait un peu, tout en trouvant que *l'idéal pour faire un enfant, c'est quand même de choisir un mari qui ne vive pas en prison*.

Madame X expliqua alors son quotidien en compagnie du prisonnier du soir. Il la retrouvait le matin, ils se promenaient ensemble avec l'enfant, déjeunaient et passaient parfois l'après-midi entière à s'aimer... Ma mère a coupé le son. J'étais trop jeune. Quand elle l'a remis, c'était trop tard. Mon père et madame X avaient fait l'amour dans l'après-midi, et je suppose qu'ensuite madame X avait dû évoquer la déchirure du retour à la prison. *Ça non, la justice n'empêchera pas notre amour.* Madame X était une espèce de bête immonde, lascive et sans générosité.

Je me fis la promesse d'en finir avec elle et son landau.

Je deviendrai moi aussi titulaire d'un beau mensonge. Je ne vivrai pas comme l'autre mou, dans le petit mensonge. Mon père est un salaud. Il attache la clef de chez elle au trousseau de la nôtre, comme si c'était normal de se conduire pire qu'un porc et d'avoir deux maisons. Elles sont là, ces deux clefs, à ballotter l'une contre l'autre.

Il a voulu faire son intéressant, et il va en crever. Il ne le sait pas, mais j'ai déjà emprunté son trousseau, pendant qu'il regardait ma mère de travers, comme si elle avait fait quelque chose de mal, comme si c'était de sa faute, à elle, s'il était attiré par des racoleuses de square. J'ai pris la clef de madame X et j'en ai fait un double. P'tit con.

Le landau dormait profondément, les deux bras relevés en arrière, poings fermés. Un petit rôti ficelé pour la cuisson. La dame était sortie retrouver mon père, sans doute. J'ai pris le bébé. Je l'aurais bien apporté à ma mère pour le dîner. Il s'est mis à pleurer, alors je l'ai lâché. Il est retombé sur son matelas. Il a hurlé. J'ai posé l'oreiller sur sa tête et il n'a pas été long à se taire. Il était bleu.

Le soir, on est venu chercher mon père. Il était accusé du meurtre de son enfant. Ma mère etouffait. *Mais notre enfant est là, monsieur l'agent, constatez par vous-même. Touchez-le, touchez !* Ma mère me tâtait pour prouver qu'elle disait bien la vérité. Je n'avais pas envie que les policiers me touchent et eux non plus, d'ailleurs. Ils ont demandé à ma mère de se calmer et ont passé les menottes à mon père. *Mais ce n'est pas si grave, d'avoir eu une petite histoire*... *Je croyais que c'était autorisé, je vous jure*, répétait-il. Ne nous prenez pas pour des cons, ont dit les policiers. *Monsieur l'agent*, a dit ma mère, *puisque je vous dis que notre enfant est vivant !* Et là, mon père s'est souvenu qu'il avait un landau. Il a juste dit *non, non, c'est impossible, pas ça*. Et ma mère a pris cette phrase pour une méchanceté contre moi vivant, alors elle s'est mise à brailler *qu'est-ce que c'est que ça ? Tu le préférerais mort hein ? hein ? C'est ce que tu dis ?* Je l'ai calmée, je lui ai dit que je lui expliquerais. Les policiers s'en sont chargés. Madame, ont-ils dit, votre mari a eu une liaison. Il a eu un enfant avec sa maîtresse. Et aujourd'hui, il a assassiné l'enfant. La porte n'a pas été fracturée, la fenêtre était fermée, votre mari avait les clefs. *Mais pourquoi avais-tu les clefs ?*

Mon père est parti, tête baissée. On aurait dit un chien puni.

Tu m'aimes, hein, mon petit poussin, mon crapaud, ma grenouille, ma caille, ma crotte en or, mon Zébulon... Ce n'était pas leur faute. Ils ne savaient pas que réclamer à un enfant tous ces serments d'amour est terrible mais pas aussi terrible que d'avoir à les entendre. *Je t'aime*, me disait papa, *je t'aime*, me disait maman. *On t'aime trop*, ajoutaient-ils parfois, en chœur. C'était à vomir, d'aller comme ça rejeter son manque d'amour ou ses amours manquées, d'avant, du cimetière ou de la poubelle de l'hôpital, sur moi, qui devais payer, qui allais devoir payer les enfants morts toute ma vie en certifiant, jurant, crachant, que je les aimais, ces deux-là. Quand mes parents me rendaient dingue, à me demander tout le temps, chacun leur tour, quelle quantité d'amour j'étais capable d'offrir, je me blottissais dans le vieux renard de ma mère. Il pendait dans le placard, en attendant qu'on le sorte, il sentait l'antimite et l'animal, comme moi. On l'avait emporté à Venise, comme moi. Le comité d'entreprise proposait un week-end à bon prix et nous nous étions retrouvés la-bas, tous les trois. Ma mère avait mis des jours à préparer ses affaires, à choisir ses plus beaux habits, mais elle avait terminé vêtue de son vieux renard.

Ma mère était perchée comme un corbeau, vénitienne et nauséeuse, sur l'embarcadère mouvant, contente d'avoir enfilé son renard et de se fondre dans le beau monde. Les autres femmes la toisaient, elles avaient l'air amies et on avait l'air ploucs. Mon père, main sur l'estomac, tout près de la montre-gousset de son parrain, qu'il laissait volontairement dépasser, et moi, gominé comme un serveur de nouilles, qui avais reçu pour ordre de me tenir droit et de ne pas parler en même temps que les adultes. Drôle de recommandation pour un petit garçon qui ne l'ouvrait jamais. Et ma mère mourait de chaud, fin juin, dans son renard. *Enlève-le*, lui disait mon père, *tu vas transpirer.* Mais elle s'accrochait à son renard, niant la chaleur, niant ses vapeurs, niant tout en bloc pour le plaisir de garder sa peau de bête.

Elle pressait le pas pour qu'on ne la surprenne pas à lorgner les devantures. Elle aurait voulu des chaussures neuves en cuir italien, un joli sac, un parfum, un bel objet pour le salon. Elle aurait voulu que mon père l'enlace et qu'on coure tous les trois, main dans la main, qu'on fasse envoler les pigeons. Mais nous étions là, si tristes que c'en était lamentable. Elle aurait voulu que mon père lui prenne la main sur une gondole, se mette à genoux et lui demande en italien de l'épouser encore. Il avait d'abord appris l'allemand, puis l'anglais. Tout ce qu'on aurait comme souvenirs, ce serait ma mère dans son vieux renard, sinistre comme un jour sans fin, et mon père qui passait les commandes dans les *trattorie* en prononçant à l'allemande des *r* qui faisaient rougir ma mère. Elle ne choisissait plus que des plats sans *r*, tentant elle-même de les commander au serveur, qui la faisait répéter. Et mon père lui disait *allez, plus fort, ose, avec les langues étrangères il faut se lancer, fais comme moi !* Alors la pauvre fille prenait sur elle. Elle ne voulait pas qu'un simple serveur décèle sa honte. Et elle lui souriait, pour bien montrer aux gens que ça aurait intéressé qu'elle avait choisi son mari et qu'elle le trouvait tout à fait à son goût. Sur le chemin du retour, terrorisée à l'idée que sa mise en plis retombe, elle nous faisait marcher vite et droit. Mon père n'avait pu arrêter sa course que le temps d'acheter un chapeau de gondolier, et quand il le posait sur la tête de l'adjudante, elle le retirait très vite en s'écriant *attention à mes boucles, tu le fais exprès ou quoi ?* On rentrait à l'hôtel et devant la glace de l'ascenseur elle paniquait, *oh là là*. Il faisait beau mais on était humide, on me mettait dans le bain. Par la fenêtre de la chambre, on aurait pu voir une église, mais ma mère tirait les rideaux pour qu'on soit *chez nous*. Mon père chantait *o sole mio* en attendant que je sorte de la baignoire tandis que ma mère me disait *presse-toi, on nous attend pour souper*. Elle enfilait une robe, travaillait ses cheveux une bonne heure, puis quittait la chambre en répétant *quelle horreur !*

Depuis que mon père est en prison, la peau de ma mère se dépigmente. Elle est blanche et lessivée comme les chemises qu'elle repasse pour gagner notre mois. Il a bien fallu qu'elle se mette à l'ouvrage. Elle m'a envoyé coller des annonces sur les horodateurs et dans les magasins. Elle a pleuré lorsque le premier client a téléphoné pour savoir si en dehors du repassage elle avait d'autres talents. Elle a mis le haut-parleur. Je lui ai conseillé de dire qu'elle pouvait aussi faire le ménage et la couture. *Et tu baises ?* a demandé le gars avant d'ajouter *salope*. J'ai fait celui qui ne comprenait pas ces mots-là et je lui ai chuchoté de dire oui. *Dis oui, dis oui, maman, ça nous fera des sous*. Elle m'a repoussé comme un vieux déchet, comme elle fait avec les saletés de l'évier. Je suis allé pleurer dans mon coin. Avec une mère si peu entreprenante, je n'aurai aucun avenir. Elle est venue me serrer dans ses bras en me demandant pardon et surtout si je l'aimais. J'accordais le pardon, mais refusais l'amour. Je ne pouvais plus aimer une imbécile, et puis elle était devenue si blanche, si blanche qu'elle allait finir transparente, ce qui ne changerait rien à ce qu'elle avait toujours été, mais quand même, c'est toujours la faute à celui qui n'est rien s'il le reste.

Elle a donc continué à repasser et ses larmes économisaient l'eau du fer. Elle mouillait le linge des gens. Parfois, pour soulager sa peine, j'allais le leur porter, car ma mère me disait alors de garder sa paye. Je mettais l'argent dans ma boîte, et ma mère s'enorgueillissait à haute voix de la pingrerie de son fils. *Tu as raison, mon canard, économise, fais ta cagnotte, on ne sait jamais ce que la vie vous réserve...*

Elle était bête, mais je lui pardonnais. Elle n'avait pas bien vécu, et puis elle était si touchante, j'avais d'elle tant de souvenirs mélancoliques. Quant au père, il croupissait derrière les barreaux et avait demandé à me voir. Ma mère se rendait à la prison deux fois par semaine et essayait de me convaincre de l'accompagner par un *c'est ton père quand même...* Je repensais à sa main sur la dame, à ses rires avec le landau, et je refusais d'y aller, je prétendais que ça me ferait trop mal de voir mon petit papa enfermé pour la vie. Elle me demandait de lui écrire, *au moins*, alors je lui donnais des lettres cachetées dans lesquelles je glissais d'affreux dessins de landaus et de clefs, de nuages noirs et de barreaux. Entre les barreaux, j'inscrivais *je t'aime, papa*, et en tout petit, à la place de ma signature, je gribouillais une espèce de hiéroglyphe qui, si on le regardait à la loupe, pouvait bien signifier « p'tit con ».

Vint le temps des vacances, et les plaintes de ma mère redoublèrent. Elle était sans mari, se tuait à la tâche et ne pouvait même pas offrir le centre aéré à son enfant. Je lui jurai que j'étais prêt à mendier si elle me le demandait. Elle me supplia de ne jamais faire une chose pareille. Elle me fit même promettre, si l'on crevait de faim, de la manger, elle, plutôt que de tendre la main. Le repassage commençait à lui taper sur le système. Elle était bonne, elle était mûre, j'allais petit à petit l'amener à un travail qui nous conviendrait mieux, et elle dirait oui, elle dirait oui parce que c'était ma mère et qu'elle aimait son fils.

Ma mère me remercia pour le rouge à lèvres que je lui avais acheté avec mes économies, c'était trop beau pour elle et *de trop belle qualité*. Malgré mon peu d'expérience en matière de maquillage, j'avais pensé à ne pas prendre du bas de gamme qui aurait fait peler ses lèvres en deux jours et dégoûté les clients. On alla manger une glace, je lui avais demandé de mettre son renard, en souvenir de Venise, mais de le laisser ouvert sur sa robe rouge, qu'elle ne portait plus parce qu'elle la moulait trop. Elle se fit tirer l'oreille, mais, convaincue par mon sourire d'enfant, elle s'exécuta. S'il n'y avait que ça pour me faire plaisir. Assis à la terrasse du café, je lui parlai d'abord de mes rêves de vacances. *Quand je serai grand, j'irai à la mer à chaque congé, dans un hôtel. On me montera mon petit déjeuner dans mon lit, et je m'inscrirai toute la journée à un club de plage.* J'ajoutai que, pour la rentrée, j'aurais besoin d'un nouveau cartable parce que les autres se moquaient de moi, et d'un manteau plus long, et d'un blue-jean délavé, comme on en faisait maintenant. Elle me disait oui en me caressant la tête, elle promettait qu'elle repasserait davantage pour m'offrir tout ce dont j'avais besoin. Je lui dis qu'elle était de plus en plus belle et que tous les hommes la regardaient, que c'était fou ce qu'elle était changée avec son rouge à lèvres et sa robe rouge. Je suis allé aux toilettes pour lui laisser le temps de s'en rendre compte. Comme ce n'était pas une rapide, j'ai fait un détour par le flipper avant de revenir m'asseoir. Ça avait mordu, un type lui parlait. Elle souriait, crispée mais contente d'elle.

Le lendemain matin, ma mère m'apporta mon petit déjeuner au lit, m'installa un deuxième oreiller pour que je sois tout à fait bien et se remit au repassage. Je lui demandai la permission de partir toute la journée et de rester au parc pour profiter du soleil, puisque je ne partais pas en vacances *comme les autres enfants*. Elle me la donna. Je pourrais continuer à afficher dans les quartiers où ma mère ne fichait pas les pieds des annonces la concernant : « Femme d'expérience, détend hommes tous âges à son domicile. Massages, respirations, effleurements (et aussi repassage). Prix raisonnables. »

Je rentrai me cacher dans l'escalier et guettai le premier client. Il arriva en fin d'après-midi, alors que je désespérais de notre avenir. Elle pensait que c'était moi et ouvrit la porte en disant *enfin ! mon chéri !* Le type ne parut pas plus étonné que ça. Elle s'excusa :

– Ah, pardon monsieur. J'attendais mon fils. Vous venez pour le linge ? Je ne savais pas que vous passeriez ce soir.

– C'est trop tôt ?

– Mais non. Entrez donc.

J'étais désespéré, j'avais affiché toutes ces annonces pour rien. Je collai mon oreille à la porte et entendis l'homme dire :

– J'ai besoin d'être relaxé.

– Asseyez-vous, dit ma mère. Ça ne va pas ? Vous voulez un verre d'eau ?

Je mis l'œil contre la serrure. L'homme avait posé une main sur ma mère. Elle eut un immense mouvement de recul et le type dit entre ses dents :

– Sauvage, hein ? Sauvage, la repasseuse... J'ai envie de te prendre, tu es si belle. J'aime tes promotions.

Il la reniflait.

– Tu sens le chaud, tu sens la vapeur, ma bohémienne. Je me suis caressé toute la journée dans ma chemise, c'est toi qui l'as repassée, celle-là aussi, c'est contre tes mains que je me suis frotté.

J'étouffai un fou rire.

Ma mère balbutiait :

– Mais non enfin, je ne peux pas, je ne suis pas, et mon fils va rentrer.

– Je te donnerai de l'argent, disait l'homme, je te payerai, tu me fais bander, allez, prends.

Il avait ouvert sa braguette.

Je me ruai dans la cabine téléphonique d'en bas pour appeler ma mère, qui me répondit d'une voix blanche :

– Allô ?

– Maman, c'est moi, je n'ai pas vu le temps passer, je me suis fait un copain qui a le jeu, tu sais, le jeu que tu n'as pas pu m'acheter à Noël parce qu'on n'avait pas les sous… Je voudrais rester encore une heure. Tu es d'accord ? Dis oui, je t'en prie…

– Oui, mon chéri. Profite, prends ton temps. Je t'attends.

Je montai quatre à quatre l'escalier pour coller de nouveau mon œil à la serrure. Ma mère avait dit oui.

Quand l'homme fut parti, je laissai à ma mère le temps d'aller se laver et sonnai à mon tour. Elle me prit dans ses bras et on passa à table. Je lui fis remarquer qu'elle avait les genoux abîmés, elle me raconta qu'elle avait dérapé en lavant la cuisine. J'aurais été son mari, elle s'en serait pris une, la menteuse. À la fin du repas, elle me tendit un billet en me demandant d'aller m'acheter, le lendemain, le jouet qui m'aiderait à passer de bonnes vacances malgré tout.

Le type avait été correct, mais ma mère aurait pu avoir l'idée de demander plus. En passant, je regardai les deux portraits et lançai à la cantonade *bonsoir pépé, bonsoir mémé*. Ma mère blêmit. Le lendemain, les portraits avaient disparu.

Notre quotidien s'améliorait considérablement. Pour le faire savoir à mon père, j'émaillais mes dessins de billets de banque et de bijoux. Ma mère, sous sa couverture de repasseuse, était devenue une vraie pute et négociait ses honoraires. Elle pleurait plus qu'avant, mais on mangeait mieux. Parfois, je m'assurais derrière la porte que tout se passait bien. Elle avait en très peu de temps appris un vocabulaire précis et abondant qui faisait venir les hommes plus vite. Elle répétait ce que des hommes lui avaient appris, *je suis ta bohémienne, je te fais bander, c'est moi qui repasse le linge contre lequel tu te frottes. Et parfois même je jouis.*

Entre les passes, elle repassait. Pendant les passes, elle pensait à moi, aux affaires qu'elle m'achèterait, aux endroits où elle m'emmènerait. Le soir, exténuée, elle se blottissait contre moi, comme le soir où nous avions regardé cette émission qui avait fait basculer notre vie. Elle continuait à commenter la tête des gens, et quand ça la fatiguait, elle changeait de chaîne et on regardait les animaux. On ne faisait presque plus de Scrabble, elle cherchait ses mots trop longtemps, elle n'en trouvait plus que des grossiers, et moi qui étais censé ne rien savoir, j'avais du mal à ne pas rire.

Le père me demandait comme un gâteux. Il clamait son innocence et voulait me l'expliquer de vive voix. C'était mal me connaître, de penser que je pardonnerais un jour l'histoire du landau. Je vivais mieux aujourd'hui que naguère. Je ne me sentais plus rongé par le désamour de mes parents, j'étais fort et bien dans ma peau. Je me souvenais avec difficulté de mon enfance. Elle était floue, principalement ancrée dans la cour d'école et dans ma chambre, sans couleur, sans musique, sans odeur. C'était un sas, un endroit confus, sans grande utilité, mais pourtant un passage obligé. Mon adolescence m'avait ouvert au monde et avait fermé derrière elle la porte des peurs et des images. Les gens qui m'avaient rendu fort n'étaient pas plus mes amis qu'avant, mais ils ne m'effrayaient plus, ils étaient là, à côté, et qu'ils vivent était sans importance. J'avais compris que l'existence était une espèce de voyage. On croisait des étrangers, qui le restaient. Et on se fichait qu'ils le restent puisqu'on ne s'intéressait qu'à soi.

Je dus un jour accompagner ma mère au parloir. Elle l'avait exigé, me disant que ça ne pouvait plus durer, qu'il fallait que je voie mon papa. Elle craignait pour mon équilibre. J'ai vu mon père, dans une pièce où il a pu me serrer dans ses bras. Il pleurait, ma mère répétait en boucle *mais pourquoi as-tu fait ça, pourquoi as-tu eu besoin de, et cette fille qui*. Il jurait qu'il ne recommencerait jamais plus. Et ma mère disait *ça pour sûr que tu ne recommenceras plus, tu es séquestré*. Il disait *oui, j'ai été puni de vous avoir trompés, mais maintenant je te demande pardon, et je t'en prie, aide-moi à prouver que je suis innocent*.

Je ressemble à ma mère, je ne supporte pas les hommes qui pleurent. Je voulais lui dire de profiter de la taule pour s'endurcir un peu, j'avais des idées à son sujet, pourquoi ne pas écrire à des chanteurs, lui qui nous ruinait en disques, à toujours demander qu'on lui en apporte au parloir. Il pourrait écrire directement aux producteurs et se les faire envoyer. À sa sortie, ça lui permettrait d'ouvrir une discothèque. Ce serait bon pour sa réinsertion. Ma mère deviendrait go-go danseuse.

– Papa, tu devrais écrire à des chanteurs pour qu'ils t'envoient leurs disques. Repère ceux qui te plaisent et écris-leur.

J'ajoutai plus bas :

– Tu sais, maman se tue à la tâche, elle repasse quinze heures par jour ; déjà les cassettes... Mais alors les disques...

Mon père me caressa la tête, s'excusant et disant :

– Mon Dieu, mon Dieu, je n'y avais pas pensé, tu as raison, je vais faire comme ça, pardonne-moi.

Il avait maigri et ça lui allait bien. Ses larmes, retenues tant d'années, avaient tellement coulé que son visage était dégonflé et grave. Ça lui donnait l'air plus intelligent. D'ailleurs il s'était mis à lire la Bible.

Je lui fis parvenir une lettre type à envoyer au chanteur de son choix et il me fit dire par maman que j'avais fait d'immenses progrès en français. Pour me le prouver, il s'exécuta. Ce fut Barbara Fourré qui reçut sa missive. La pauvre hagarde lui envoya son disque par retour de courrier, folle de bonheur à l'idée de pouvoir raconter dans les soirées mondaines qu'elle correspondait avec un prisonnier.

Je devenais un beau jeune homme, toujours un peu rond, discret et sauvage, mais bien éduqué.

Un jour, une nouvelle arriva au lycée. Elle s'appelait Laurette, elle avait le regard fuyant et les lèvres humides. Je décidai qu'elle serait à moi.

Pendant les intercours, je la fixais du regard, j'enregistrais ses réactions, ses mimiques. Le soir, je l'imitais devant ma glace, puis j'embrassais le miroir à pleine bouche. Ma mère, interloquée, passait derrière en s'insurgeant, *qui c'est qui bave sur mes carreaux*. Je devenais Laurette. J'avais l'impression de m'affiner, je ne me nourrissais plus que de sa substance, à laquelle je devenais perméable dès qu'elle approchait. Elle déjeunait avec la bande de Rodrigue, dont je ne faisais toujours pas partie, mais qui ne m'était pas non plus hostile. Je retrouvais ma mère entre midi et deux, quand elle faisait sa pause, et je vérifiais discrètement que l'argent rentrait bien.

Un jour, je vis Rodrigue tenir la main de Laurette. Le soir même, Rodrigue mourait des suites d'une hémorragie.

C'est à l'enterrement de Rodrigue, où la classe était chargée de la chorale, que j'ai pu approcher Laurette. Elle pleurait et ça l'empêchait de chanter. Je le lui fis remarquer tout bas :

– Pleure pas, tu chantes faux.

Elle me décocha un regard insoutenable, plein de violence et d'incompréhension, et s'arrêta net de pleurer. Elle se remit à chanter juste. Elle était belle en noir, elle était sûrement plus belle toute nue, mais je l'aimais bien comme ça, veuve et perdue. Je lui pris la main. Elle se laissa faire. Je la tins pendant toute la cérémonie, puis à la mise en terre, puis lors du retour en bus, puis à la descente du bus, et, quand elle essaya de me lâcher dans la salle de classe, je la serrai plus fort. Je m'assis à côté d'elle, sa main gigotait dans la mienne, je sentais son pouls, c'était bon. J'étais droitier, elle aussi. Ça tombait mal. On allait devoir se séparer pour écrire la leçon. Je décidai de ne pas en tenir compte. Comme elle se tortillait sur la chaise, je lui murmurai d'arrêter de gigoter, on allait se faire coller et elle serait bien avancée. Elle prit son stylo dans l'autre main et ne se débrouilla pas si mal. Avec un peu de persévérance, ça viendrait. À la sortie, je lui proposai une promenade. Elle accepta, à condition de récupérer sa main. Sauvage, la bohémienne. Je dus la consoler de la perte de son amant en lui expliquant pourquoi ça n'aurait pas marché. Elle s'entêtait :

– Mais je l'aimais, tu comprends ? On était pareils.

– Ça ne marche jamais quand on est pareil.

Sa main dans la mienne, j'étais bien. C'était l'heure de rentrer, mais je voulais quand même garder sa main, j'avais envie de la lui couper. Je la lui rendis à regret, non sans lui avoir fait jurer de me la redonner le lendemain matin.

À huit heures vingt, j'étais dans la cour et elle s'approcha de moi naturellement. Lorsque j'avançai ma main pour saisir la sienne, elle recula. C'était touchant. Elle ressemblait à ma mère effrayée par le chaland. Je guettai le moment où, enfin, elle relâcherait son attention et où je pourrais la tenir sans qu'elle le remarque. Il fallut attendre le cours de mathématiques pour qu'elle sorte sa main de dessous sa fesse et utilise son équerre. Elle en faisait un si piètre usage que le professeur me demanda de l'aider. Je posai ma main sur la sienne et lui expliquai le maniement de l'équerre. Elle plongea ses yeux terrifiés dans les miens. Je sentis dans mon ventre une sensation voluptueuse, un étrange mouvement qui m'échappait. Mon sexe était dur comme celui des hommes qui passaient chez nous. Dur et gigantesque. Il me vint l'idée de le partager avec Laurette.

Je lui en fis cadeau le samedi après-midi. Je l'avais invitée chez moi et elle était venue. Peut-être par peur des représailles, mais elle était venue. Le visage de ma mère ne me fit pas honte. Son rouge à lèvres bavait, mais sa bouche était souriante. On avait l'impression qu'elle avait l'habitude de recevoir mes amis à la maison. On s'est enfermés dans ma chambre.

– La pauvre, dis donc, m'a dit Laurette. Tout ce qu'elle a comme repassage…

– Il faut qu'elle travaille. Mon père est en prison.

Laurette sursauta.

– Pourquoi tu sursautes tout le temps ?

– Tu dis des choses, parfois…

– Quoi ? C'est vrai. Mon père est en prison. Il a tué son enfant. Tu veux qu'on mette un disque ? J'ai la *Danse macabre*, si tu aimes, tu connais la *Danse macabre* ?

– Non. T'as pas autre chose ?

– Non. Écoute la *Danse macabre*, c'est très joli.

Je me balançais sur le lit, sa main dans la mienne.

– Tu danses ?

– Non merci.

Nous dansâmes. Elle transpirait de peur. J'avais vu faire les hommes dans le salon et comme eux je baissai sèchement sa jupe. Elle me gifla et sortit de ma chambre en me traitant de sale con.

La *Danse macabre* roulait ses dernières mécaniques et j'avais mal à la joue, aussi mal que si elle en avait décollé la peau.

Ma mère, alertée par le bruit de la porte, vint me ramasser par terre :

– Mais mon cœur… Qu'est-ce qu'il y a ? Dis à maman… qu'est-ce qu'il y a ?

– Elle m'a tapé.

– Tapé ?

– Oui. Là.

Je montrai ma joue.

– Mais je vais lui apprendre à celle-là…

Ma mère se précipita dans l'escalier :

– Reviens ici tout de suite, traînée. Viens par là que je te montre, moi, si on peut toucher à mon fils.

Laurette était déjà loin. Elle pleurait dans un jardin en repassant sa jupe avec les mains, et entre deux hoquets elle disait qu'elle en avait marre. Je pleurais contre ma mère et j'aurais voulu mourir. Je ne savais pas m'y prendre avec les femmes, je serais comme mon père, qui avait quand même réussi à obliger sa Barbara Fourré à correspondre avec lui. Il était peut-être con, mais savait y faire. C'est sûr, la pitié…

– Qu'est-ce que tu dis, mon crapaud ?

– Je dis que je suis malheureux.

– Montre à maman gros comment tu es malheureux, et on va donner des coups de pied dedans.

Je ne sais pas ce qu'avait ma mère, mais une chose était sûre, elle devenait poétique depuis qu'on la lutinait. Jamais auparavant elle m'aurait eu cette belle idée de me faire lever et de m'apprendre à donner des coups de pied dans la bulle de malheur que je m'étais inventée. Elle serait restée à se plaindre et se serait acharnée sur l'évier ou les vitres en retenant ses larmes. Là, ma mère, bien dans son corps, était vivante. Pour la première fois de ma vie, je me dis qu'elle m'était utile plus que je ne le lui étais. Nous donnions des coups dans l'amour, nous nous défoulions contre la méchanceté, nous étions deux enfants écorchés par la vie et qui se battent, ça oui, *manquerait plus qu'on la laisse faire, celle-là*.

Le lendemain, ma mère m'accompagna au lycée. Je lui avais fait promettre de ne rien dire à Laurette, seulement de rester à mes côtés. Je l'avais fait revenir sur son idée première, qui était de sermonner la petite en lui soutirant un pardon. Je ne voulais pas que ma Laurette s'excuse, je voulais qu'elle m'aime et elle m'aimait, ça oui, elle m'aimait, mais était empêchée par sa timidité. Elle apprendrait à devenir moins sauvage, elle comprendrait que, en mettant ma main dans sa culotte, je n'avais cherché qu'à lui faire du bien. Peut-être d'ailleurs que, en me balançant la sienne à travers la figure, elle avait pensé exprimer maladroitement tout l'amour qu'elle ressentait pour moi.

Barbara Fourré écrivait à mon père ses théories sur l'incarcération. Elle lui expliquait en quoi c'était bon pour un homme de connaître le prix de la liberté. Un jour où j'avais accompagné ma mère à la visite, il me demanda de le prendre en photo. C'était Barbara Fourré qui voulait voir à quoi ressemblait un prisonnier. Je vins donc à la visite suivante muni d'un appareil. Je pris les photos en ne gardant de mon père que le bas du cou et le corps. J'avais coupé sa tête. Il me chargea du développement en me demandant d'avoir la gentillesse de choisir la plus réussie et de l'envoyer à Barbara, dont à présent il connaissait l'adresse personnelle. Ma mère s'en fichait. Ça aurait été le comble, vu tout ce qu'elle s'envoyait en l'air, qu'elle vive mal l'escapade platonique de ce mari dont aujourd'hui elle n'avait que faire, *mais, le pauvre, si c'est pas moi qui vais le voir, qui ira ?*

Je terminai la pellicule en photographiant dès son arrivée sous le préau ma Laurette qui s'empara de l'appareil et le piétina en sautant dessus à pieds joints. J'attendis qu'elle ait fini pour ramasser les débris et les glisser dans ma poche. J'aimais ces agacements systématiques que je lui procurais. Pour le lendemain, j'inventai le moyen de l'énerver encore en enfilant les débris sur une ficelle et en les lui passant au cou. L'hystérique voyait rouge. Elle arracha le collier et je courus aux toilettes lui chercher du papier pour essuyer le sang. *Ne saigne plus*, lui dis-je, *tu es ma chose, tu n'y peux rien, et je t'aime*. Elle me menaça de porter plainte auprès du proviseur si j'osais encore lui adresser la parole une seule fois.

Un soir, alors que je n'avais pas pu suivre Laurette puisqu'elle avait manqué la classe, j'allai traîner vers l'immeuble de Barbara Fourré. Sa boîte à lettres contenait encore son courrier et je pus prélever une missive portant l'écriture de mon père. Je me mis dans un coin pour la lire tranquillement :

« Chère Barbara,

Vos mots sont des pinceaux et votre voix une baguette magique. Vous enchantez mon quotidien, vous faites de moi un homme libre, un homme-livre, devrais-je dire, car je ne me nourris plus que de vos textes, de vos textes et de votre voix. Vous chantez très bien, et le mot est faible. Je vous ai fait envoyer la photo que vous m'avez demandée. J'attends avec impatience vos lettres, vous serez ma muse.

Bien à vous (puis-je vous embrasser ?),

Votre prisonnier honteux et dévoué. »

Je déchirai le papier et écrivis, essayant d'imiter le caractère tordu de mon père :

« Barbara, j'ai la trique. Vous êtes une braguette magique. Je vous veux, je vous aime. Écrivez-moi. C'est un ordre. Je pourrais me tuer si vous m'oubliiez. Ne vous offusquez point. La trique est l'expression familière pour exprimer la rage, oui, ma douce, la rage de vivre. »

Je remis l'enveloppe dans la boîte à lettres.

Peu de temps après, j'allai rendre visite à ma sœur. Je ne sais pas si c'est la misère de sa tombe délaissée depuis que ma mère avait un nouveau travail, ou le ciel bleu, pour moi, à cet instant, mais j'éprouvai le besoin de passer voir une autre morte, celle qui avait failli devenir ma belle-mère et qui dépérissait aux Edelweiss, un hospice pour dépressifs. Madame X, la mère du landau, avait été placée là pour quelques soins de remise en forme.

Assise sur un banc, elle comptait ses doigts. J'en profitai pour lui faire croire qu'elle en avait quatre par main, le premier, le deuxième, le second, le troisième et le quatrième. Et elle disait *Non, non, j'ai dix doigts*. Mais non, regarde bien, tu as quatre doigts, compte avec moi.

À une surveillante qui me demanda si j'étais de la famille, je répondis que j'étais parent. *C'est bien de venir la voir*, me dit la surveillante, *elle en a besoin, vous savez... Si on veut qu'un jour elle redevienne, peut-être...*

Moi, je trouvais qu'elle était bien comme ça. Il fallait des gens pour peupler chaque sorte de vie, et elle jouait correctement l'aliénée. J'aimais quand elle s'accrochait aux barreaux de la grille du jardin, et les secouait, comme si elle allait écarter la ferraille et se faufiler à travers. Je décidai de lui rendre visite plus souvent. Je pourrais lui amener Laurette, elles s'entendraient peut-être bien toutes les deux. Avant de partir, je sortis de ma poche une photo de mon père et la lui montrai. Elle hurla, se jeta contre un arbre, avant d'être ceinturée par deux infirmiers et transportée d'urgence à sa piqûre. Je partis, ô combien heurté par cette violence qui toujours défigurait la terre.

Allez savoir pourquoi c'est toujours cette date-là qui revient, alors que ces moments, la messe, la veillée et le lendemain matin, j'aurais voulu les étrangler. J'aurais voulu les transformer en jours de Pâques, les clouer au pilori. Parce que, vraiment, je haïssais Noël et sa suite plus que tout au monde, les dames endimanchées, serveuses de messe, le clochard aviné qui poireautait dehors et pour qui j'aurais voulu dévaliser l'église. Je n'étais pas si mauvais au fond. Et ma mère me tirait par le bras à la sortie de l'office, elle me disait *traîne pas là, ça sent mauvais, tu vas attraper des puces*. Et je trouvais que ce qui sentait mauvais, c'était le parfum qu'elle s'était versé dessus, rassurée à l'idée que son flacon ait tenu l'année entière et folle de joie, enfin folle, plutôt apaisée puisque mon père lui en mettrait un autre, bien sûr, le lendemain matin, dans sa chaussure, un cadeau qui, cette fois, ne la ferait pas pleurer.

On rentrait de l'église à pied, ma mère chantait *Gloria* entre ses dents, quand, moi, j'aurais voulu chanter *Il est né le divin enfant*, mais je savais que ça viendrait ensuite, après le *Gloria*, quand on serait dans l'escalier. Elle chantait pour moi, afin que je ne ressente pas ce vide qu'elle agitait fort pour essayer d'extraire encore deux-trois fragments de vie, elle faisait comme avec le sucre, quand du bec verseur il n'en coulait plus et qu'elle tapait sur la boîte pour récupérer quelques cristaux.

On mangeait des choses lourdes qui allaient faire boire ma mère et transpirer mon père. Il recevait moins de cadeaux que moi parce qu'il était trop vieux pour ça, ou bien un Scrabble, les années paires, s'il avait déchiré la boîte de l'ancien en le rangeant n'importe comment. Et ma mère proposait qu'on étrenne le nouveau jeu et elle disait *exceptionnellement, je laisse tout, je rangerai plus tard, je ne vais pas le faire maintenant, c'est Noël quand même*. Et mon père pensait que ce n'était pas si mal, de la faire boire. Je perdais la partie, refusant de dévoiler les mots que je savais, ça aurait été encore un prétexte pour me montrer à un psychologue qui aurait conclu *qu'est-ce qu'il est précoce, celui-là*. Et je ne sais pas comment l'expliquer, mais je peux dire que là, j'ai décidé de prendre ma vie en main et d'empêcher que quelqu'un d'autre me manœuvre et la manipule. On a truqué mon enfance, on me faisait croire que Jésus naissait chaque année pour sauver le monde et, pendant ce temps, mes parents alourdis par la honte de leur malheur priaient pour que ça soit vrai, quoi, ils n'en savaient rien, ils n'auraient pas su dire, et d'ailleurs on ne leur demanderait jamais leur avis sur la question.

Les souvenirs me torturent, c'est-à-dire qu'ils me redonneraient presque envie d'être gentil, de souffrir pour eux, mes vieux, la pute et le prisonnier. Ils m'inciteraient à replonger au cœur de moi-même, là où il y a les empreintes des jours qui sont passés et des violences. C'était si compliqué d'accompagner ma mère dans un magasin. Ça commençait dès le seuil de la boutique, où elle expliquait combien elle était mal fichue, à cause de ses hanches énormes et de cette taille fine. *Ça oui, vous avez une taille de guêpe*, répétait la vendeuse, à quoi ma mère opposait *oui mais regardez-moi ça*, en se tapant sur les cuisses. *Et puis j'ai le buste tellement long par rapport à mes jambes*. Tout ce tintouin pour que la vendeuse accepte de conclure avec ma mère que l'essentiel, c'est de faire avec ce qu'on a. Et j'avais envie de gifler la vendeuse, qui disait en tendant une minijupe *prenez celle-là, elle vous va très bien*... Alors qu'elle pensait *vu votre tour de bassin, on ne va pas non plus faire des miracles*. Et ma mère tenait le col de son chemisier contre elle, comme une vieille dame, elle faisait le va-et-vient entre le miroir et moi, à la recherche d'un soutien amical, elle essayait d'être complice avec la vendeuse. Et celle-ci disait qu'il fallait oser, que si elles ne se permettaient pas ça à leur âge, *hein, quand, quand ?* Et ma mère se laissait berner par sa fausse confidente et repartait avec une loque et un haut assorti. Ou un chapeau. Une fois, on avait réussi à lui en vendre un, une espèce de bibi qu'elle portait à l'oblique, comme la vendeuse l'avait montré, à la Jackie Kennedy, *qui n'a jamais porté de bibi de sa vie*, avait marmonné mon père quand il avait sorti ma mère attifée n'importe comment.

Et le taulard, lui, je ne sais pas, c'est différent. Il ne m'émeut jamais et, s'il pollue mes souvenirs, c'est seulement avec deux mots, p'tit con, ou avec une sale tête, la sienne. Ma pitié pour lui est devenue du dégoût, parce que je sais aujourd'hui qu'au marché couvert il contemplait les anguilles mortes en les enviant. Je sais bien qu'à l'époque je ne voulais pas me rendre compte, parce que j'avais pitié de mon enfance et que je détestais le gaspillage qui en était fait. Je terminais mes devoirs et il était vautré là, sur mon lit, à sentir mes draps, et je ne savais pas ce qu'était la dépression, mais je savais que ce n'était pas bon signe de respirer des draps. *Allez, t'en fais pas, ça va bien finir par rentrer*, soupirait-il. Il transpirait toujours, puis on passait à table et ma mère se mettait à son tour aux phrases toutes faites *et alors, cette leçon, elle est rentrée ou pas ?* Elle exprimait ses agacements à l'aide de petits spasmes et mon père l'imitait. Tous deux hoquetaient, les aérophages. Lui, bougeait sa cuisse nerveusement, et elle devait trouver cela terriblement sexuel, alors elle lui disait *arrête donc avec ta cuisse, tiens-toi !* Dans un dernier haut-le-cœur, elle me tendait encore une fois le saladier de dessert. *Prends des fruits cuits, ça fait glisser*. En attendant qu'on lui termine son plat, ma mère se caressait la joue jusqu'à ce qu'elle sente un poil. Langue enfoncée dans la joue, elle tentait de l'arracher avec son pouce et son index. *Tu t'esquintes*, disait mon père. *Eh ben, au moins, tu me remarques.*

Maintenant j'ai ma Laurette, qui devrait m'aider à effacer le passé, mais elle tarde, elle tarde un peu. Alors je me lève sans avoir envie de penser à respirer, je me lève parce que la route va être longue, même si j'aurais préféré rester couché en attendant que ça meure à côté.

Laurette n'avait pas appris son cours d'histoire, alors elle me demanda la permission de s'asseoir à côté de moi pour copier. Je me proposai de lui donner mon brouillon dès que j'aurais fini de rédiger ma dissertation. En échange, je l'emmènerais au café. Elle fut bien obligée d'accepter.

À midi, nous avions terminé nos œuvres et, quand je la vis dévaler l'escalier en oubliant notre déjeuner, un grand frisson me traversa le dos.

– Laurette ! Laurette ! Reviens ici tout de suite.

– Je ne peux pas, ma mère m'attend !

La garce. Quand elle revint pour le cours de l'après-midi, quelqu'un avait écrit sur toute la surface du tableau noir : « Laurette est une copieuse. »

Comme d'habitude, j'eus droit à la gueule, regard perçant et langue de vipère. Je m'enfonçai dans ma coquille, ça ne rentrait pas et ça ne rentrerait jamais, l'ignorance, l'égoïsme. Je lui fis passer un papier sur lequel j'avais inscrit « Aime-moi ». Elle m'en transmit un autre sur lequel elle avait répondu : « Désolée, mais non. » « Pourquoi ? » « Arrête d'écrire, on va se faire prendre. »

Dormir… Ça y est, j'étais grand et je voulais dormir, fermer les écoutilles, et laisser le temps passer. J'avais posé ma tête entre mes bras. Et je me demandais si, un jour, elle allait l'admettre qu'elle était avec moi, et qu'on s'en fichait pas mal de son désir.

J'aurais voulu qu'on soit au restaurant, tous les deux, face à face, comme les vrais couples. Il y aurait des ouvriers – ce serait leur pause –, deux bonnes amies, et puis, dans un coin, un couple avec un vieux et une plus jeune. Lui, lirait son journal, elle, s'emmerderait, et Laurette se demanderait à quoi bon prendre une jeune si c'est pour lire son journal. Elle penserait *autant garder celle qu'on a, on fait moins de mal autour de soi*. Elle comprendrait d'un coup la valeur de quelqu'un comme moi. J'attendrais qu'elle ait terminé son assiette pour finir la mienne. Je lui ferais goûter mon plat, mais ne tomberais dans le sien qu'avec son accord. Et elle serait d'accord. Je me lèverais quand elle reviendrait des toilettes, je me lèverais pour la faire asseoir, et vérifierais à tout instant qu'elle ne manque de rien, qu'elle est confortablement assise ou qu'elle n'a pas froid. Je lui dirais *tu es bien ?* Et elle me répondrait *oui, je ne me suis jamais sentie aussi heureuse, mais ma viande est un peu trop bleue.* Je la renverrais en cuisine et je lui présenterais mes excuses, et ça la ferait sourire.

Mais avant de la faire sourire, je devais l'agacer, en inviter une autre à déjeuner, Patricia par exemple, qui me regardait souvent comme si elle avait peur que je lui parle, mais qui se disait que ça devait avoir du bon, quand même, au quotidien, la trouille au ventre. Enfant, elle avait imaginé son futur mari comme un homme ivre et mal rasé contre lequel elle aurait à protéger ses huit enfants.

– Tu veux venir déjeuner avec moi demain ?

– Je ne sais pas… En fait, j'avais prévu…

– Tu veux ou tu veux pas ?

– Je veux bien, mais…

Le lendemain, je l'embarquai au café, je commandai mon plat sans lui demander ce qu'elle prenait. Alors elle était là, la pauvre Patricia, avec sa voix qui ne portait pas, à répéter en rougissant qu'elle allait prendre un croque avec un œuf à cheval. Après, elle me demanda ce que je voulais faire plus tard.

– Médecin.

– Oh ! c'est bien... Médecin pour les enfants ou dans les pays pauvres ?

– Médecin pour vieux. Gériatre. Ou gynécologue. Ou urologue.

– Ah d'accord.

– D'accord quoi ?

– D'accord, je comprends. Moi, j'aimerais être dans la communication, mais je ne sais pas encore laquelle.

– Mange pendant que c'est chaud. Ça te donnera des forces.

– Ah d'accord.

Elle sourit. J'ouvris un journal qui traînait, puis me curai les dents en attendant qu'elle termine. Après je soupirai et me commandai un café parce que ça devenait trop long. Honteuse, elle s'excusa de mettre tant de temps à mâcher. Je haussai les épaules.

On retourna au lycée et, quand je vis Laurette arriver, je plaquai Patricia contre un arbre et l'embrassai. J'avais beau me concentrer sur Laurette, je ne pouvais m'empêcher en goûtant la salive de Patricia de penser à un blanc d'œuf à cheval. Quand je lâchai sa bouche, elle se colla contre moi. Elle avait l'air heureux. Rosie par les vapeurs de l'amour, elle ressemblait à un petit cochon. Elle me prit la main pour pénétrer sous le préau, je la repoussai. Je cherchais Laurette. On entra dans la salle de classe et Patricia se plaça à côté de moi, elle suçait un bonbon, et le bruit de sa salive m'était insupportable. Laurette s'assit derrière nous, alors je posai ma main sur la cuisse de Patricia, qui arrêta de sucer et redevint rose bonbon.

Je savais bien que, derrière, Laurette crevait de jalousie. Elle suivait ma main sur la cuisse de Patricia et elle voyait l'effet produit, le rougissement, l'état de la fille qui pour la première fois recevait un intrus dans sa culotte. Et je continuais à penser à ce blanc d'œuf et j'avais envie de vomir.

À la fin des cours, Laurette s'approcha de nous et, poussant Patricia, elle me dit à l'oreille :

– La prochaine fois, mets la main.

Et elle partit aussi prestement qu'à l'heure du déjeuner, sans demander son reste. Je pus donc congédier Patricia.

– Allez, salut.

– Tu veux qu'on rentre ensemble ?
– Non.

Patricia marchait dix pas derrière moi, un peu hagarde. Elle pensait aux courriers du cœur des journaux de son âge, qu'elle avait souvent parcourus et qui expliquaient que les garçons vivaient après l'amour une période de décompression qui les rendait parfois bougons. Elle mit ma mauvaise humeur sur le compte de l'excitation et partit en courant prendre une bonne douche pour sentir meilleur.

Je retrouvai ma mère. Je vis que quelque chose tournait de travers. Elle me dit :

– Ça non ! Tous ces cons à qui on donne une médaille parce qu'ils courent vite ou qu'ils tapent dans un ballon, et les pompiers qui meurent, eux, rien, vraiment, c'est lamentable. Hein ? Tu te rends compte ? Ils meurent au feu, pour la France, parce que la France est en feu, c'est bien d'accord ? Ils donnent leur vie à des cons qui mettent le feu et rien. Rien. On leur joue du cor pour leur enterrement et vas-y que c'est vite oublié. Mais on est acteur, sportif ou riche, et les honneurs, là, ça y va. Je te le dis, c'est dégoûtant. N'aie jamais de médaille. D'accord ? Me fais pas ce coup-là.

– Ça va pas ? Tu as passé une mauvaise journée ?

– J'ai vu ton père.

– Et alors ?

– Il va sortir.

– Ah bon ?

– Oui. Ce n'est pas lui qui a tué l'enfant.

– Et c'est qui ?

– Ils n'en savent rien. Mais ton père va sortir. Et je ne sais pas ce que je vais en faire. Il va être là, sans travail, à me rôder autour. Je n'ai plus l'habitude, moi, ça fait sept ans que je m'arrange toute seule, sans lui au milieu.

– Tu n'auras qu'à aller à l'hôtel.

– Et qui payera, t'es drôle, toi…

– Le client.

Comme le désespoir d'une mère est poignant. Elle qui s'était évertuée à cacher son activité apprenait que son fils savait. Elle se jeta contre moi et demanda pardon. Elle me parla de mon enfance, *quelle enfance je t'ai donnée, pauvre petit, pauvre petit…* Je la couchai et me couchai contre elle, attendant que les sanglots cessent et qu'elle s'endorme. Je repensais à elle dans son renard, et je continuais à trouver qu'elle était mieux maintenant, en chemise de nuit, usée par l'amour, certes, un peu salie mais moins sotte. Elle ne rentrait plus jamais le menton en signe de désaccord, elle n'avait plus la force de faire un Scrabble, elle laissait même quelques miettes traîner par terre pour s'épargner d'avoir à se baisser encore, déjà qu'elle se baissait tellement pour les clients. J'étais contre elle et j'étais bien. Je pensais à Laurette. Le téléphone sonna, c'était Patricia.

– Comment tu as eu mon numéro ?

– Dans l'annuaire de l'école. Je te dérange ?

– Oui.

– Pardon.

– Qu'est-ce que tu veux ?

– Je voulais t'embrasser. Te dire que, tout à l'heure, c'était... Vachement bien.

– Merci. Bonsoir.

J'allai me recoucher tout contre ma mère. Au milieu de la nuit, elle se réveilla et me dit :

– Mais s'il sort, qu'est-ce qu'on va faire de la fille, l'autre, là ?

– Madame X ?

– Oui.

– On la prendra avec nous.

– Oui, comme ça il ne partira pas. C'est bien.

– Oui, maman, t'en fais pas. Elle t'aidera à nettoyer. Je la garderai dans ma chambre pour que tu sois comme avant, tranquille avec papa.

– En plus, ce sera bien pour ton éducation, elle ne doit pas être si mal, ce n'est pas possible que ton père en ait pris une moche. Tout est bien, je suis contente, je suis contente.

Le retour de mon père fut des plus éprouvant. L'animal se terrait dès qu'il entendait des bruits de vaisselle, et rongeait ses restes de doigts à longueur de journée. Il écoutait en boucle des airs de Barbara Fourré, qui l'avait abandonné, *elle aussi, comme la justice*. Un jour, elle n'avait plus répondu à ses lettres. Il avait insisté pour connaître la raison de son silence et elle l'avait traité de cochon. Il se demandait pourquoi. Il se mettait parfois nu devant les fenêtres pour *goûter mieux sa liberté*, disait ma mère. *Laisse-le faire si ça lui fait plaisir. On n'en est plus à ça près avec les voisins.* Nous avions en effet essuyé plusieurs rejets, à cause de la prison, de la prostitution et de l'exhibition, puisqu'une fois, offensé que la concierge parle mal de ma mère, je lui avais montré mes fesses.

Un jour que ma mère n'y tenait plus, elle me demanda de conduire mon père aux Edelweiss, afin qu'il voie *sa pétasse* et qu'elle nous le requinque. Il traînait la patte. J'étais obligé de l'attendre parce qu'il s'attardait devant les vitrines et collait son nez dessus ou suivait le mur avec son doigt. Je me retournais en lui disant de se dépêcher et il accélérait un peu, avant de se perdre à nouveau dans les gens. Je dus lui prendre la main et, quand nous entrâmes dans l'asile, je craignis qu'on ne nous prenne pour des pédés. Quand il retrouva madame X, il eut pour elle un geste bizarre, une espèce d'accolade de vieux copain. Et elle ne cria pas, elle le regarda sans émotion, en continuant à compter ses doigts. Alors, comme moi, il compta avec elle.

Je me dis que l'idéal serait qu'ils restent là, ensemble, unis par le deuil. Si mon père était admis par l'établissement, ils vivraient dans leur monde à eux jusqu'à la fin des temps, et n'était-ce pas ce dont chacun rêvait, un monde à soi ? Je tentai de partir et de le laisser là, je me disais qu'il ne se rendrait pas compte de mon absence et que la maison finirait par l'adopter, mais il me courut après et me prit la main. Il me dit :

– Où allons-nous maintenant ?

– À la maison. On rentre à la maison.

Je le tenais comme un petit enfant. Il levait ses yeux vers moi. J'étais plus grand que lui. Il me souriait bêtement et me gratouillait les doigts en guettant ma réaction. En arrivant dans notre rue, il se mit à sautiller. Ma mère nous attendait à la fenêtre et il agita les deux bras vers elle en criant *coucou*.

À sa tête, je sentis que ma mère avait, elle aussi, fait des projets pour lui. Elle avait espéré que peut-être, constatant son état, les médecins auraient des scrupules à le laisser filer. Elle avait pensé qu'avec un peu de chance il ressentirait le besoin de rester avec la dame. Mais mon père n'avait plus de sentiments, il n'agissait qu'en fonction de ses sens. Il savait reconnaître s'il avait faim ou sommeil, mais ça s'arrêtait là. je me disais que je pourrais peut-être recommencer à mettre un peu d'amour en lui. Il était plus sain qu'avant, il savait que l'amour ne se quémande pas, qu'il se pose, par hasard, selon son bon vouloir.

Les parents de Patricia étaient riches et j'avais accepté de me marier avec elle à condition qu'ils nous payent une société. Ils nous avaient aussi offert un appartement dans le centre-ville, presque en face de celui des parents de Laurette, qui, elle, vivait toujours comme une jeune étudiante insouciante.

Nous avions fait un mariage assez simple. Patricia était heureuse de partager ma vie et j'étais content de présider une société de communication dont elle s'occupait seule. Je lui disais que je la laissais œuvrer parce qu'elle arrangeait tout très bien, et mon compliment la rendait folle de joie. Pour qu'elle ne répète pas à ses parents que je ne fichais rien, je lui faisais parfois des cadeaux. J'avais trouvé un magasin de gros qui vendait des foulards de soie confectionnés en Thaïlande. Je les payais trois fois rien et, grâce à des emballages de luxe récupérés çà et là, je lui faisais croire que c'était de la marque.

Parfois je prenais le métro jusqu'au bureau pour faire acte de présence. J'aimais bien les groupes de musiciens tziganes qui passaient dans les rames, mais, comme je ne voulais pas leur donner mon argent, je prenais une tête de migraineux dès qu'ils se mettaient à chanter, et j'empêchais mon pied de battre la mesure. Mes orteils s'agitaient quand même, cachés dans leur chaussure.

Je regardais la tête des gens. J'essayais de voir qui, parmi les femmes, pourrait avoir une ressemblance avec Laurette. Je n'en trouvais jamais, même pas un air, un faux air. J'espérais la croiser et ça n'arrivait pas. Parfois, j'allais l'attendre en bas de chez elle, mais, lorsqu'elle me voyait, soit elle tournait les talons, soit elle entrait dans la boulangerie et guettait à travers la vitrine mon départ, avant de ressortir. Elle ressemblait à une religieuse. Un jour, je décidai de ne pas bouger. La boulangerie avait fermé et Laurette s'était fait raccompagner jusqu'à sa porte par la boulangère, laquelle avait soupiré en me regardant, et dit *je ne sais pas ce que c'est que ces histoires, mais vous auriez intérêt à laisser cette petite tranquille*.

Comme je n'avais pas envie que la boulangère cafte auprès de Patricia, j'avais mis ma femme au régime et décrété que nous n'achèterions plus de pain, pour ne plus manger que des galettes sans sucre ni sel. Émue que je m'intéresse à sa santé, elle avait trouvé l'idée excellente.

Patricia n'était pas désagréable. J'avais instauré quelques règles strictes auxquelles elle se soumettait comme une bonne épouse. On ne s'embrassait qu'à ma demande, et pas sur la bouche. Je voulais la garder propre pour le jour où Laurette se déciderait. Quand, parfois, Patricia cherchait mes lèvres, je lui disais simplement *non* et elle comprenait que ce n'était pas la peine d'insister. De temps à autre, je jouais au Scrabble avec elle, après le dîner. Mais quand elle essayait de me parler de choses personnelles ou d'idées intimes, je tournais la tête et ne répondais plus. Elle se rattrapait en abordant un sujet d'actualité et je grommelais pour lui dire que, moi aussi, j'avais la télé, et que j'étais déjà au courant. J'aimais bien qu'elle se taise, mais je comprenais qu'elle ait besoin de raconter sa journée. Cela me permettait de connaître le nom de quelques clients et de faire bonne figure les soirs où nous allions chez ses parents. J'avais exigé que nous n'invitions jamais d'amis, en lui expliquant d'abord que ça nous reviendrait trop cher en viande…

– Mais je peux faire du poisson si tu préfères…

– Non, c'est pareil. Pourquoi pas des huîtres ?

– Mais alors des pâtes si tu veux…

– Oui, mais le dessert. Tu as pensé au dessert ?

– Non.

– Eh bien tu vois… Et puis, de toute façon, t'en as, toi, des amis ?

Elle était obnubilée par les amis, comme si c'était une aubaine d'avoir des gens qui vous téléphonent et viennent vous rendre visite. Elle rêvait d'une soirée-fondue. Elle rêvait de posséder aussi un appareil à raclette et de savoir intéresser un auditoire avec des histoires drôles. Je lui expliquais qu'une amitié durait parfois une vie entière, *quelle énergie gâchée, quelle salive, et les anniversaires, et, après, ça a des enfants et on est parrain, tu comprends ? C'est affreux, Patricia. Restons ensemble, nous deux, seuls au monde, ne cherchons pas d'amis*. Pour qu'elle n'insiste pas, je lui disais que j'aimais bien mieux l'idée de garder notre argent pour continuer à lui acheter de beaux foulards. Et là, elle rougissait et fondait contre moi comme au premier jour. *On n'est pas bien tous les deux ?* lui disais-je en serrant un peu sa gorge.

En fait, je mettais l'argent de côté sur un compte, pour plus tard, avec Laurette. C'était moi qui m'occupais du budget de la maison, et si Patricia s'était aperçue de quelque chose, je lui aurais dit que l'argent partait vite avec tous les cadeaux que je lui faisais. Elle m'aurait murmuré, essayant de se rapprocher de ma bouche, *sois raisonnable, chéri, tu sais bien que je ne les mérite pas*.

– Et alors… Ce descendant ? s'enquit mon beau-père un soir où nous dînions chez lui, c'est pour aujourd'hui ou pour demain ?

Patricia regardait ses chaussures. Je répondis à sa place :

– Nous n'aurons pas d'enfant. Nous sommes tellement heureux tous les deux que nous ne souhaitons rien qui puisse perturber notre bien-être.

– Enfin pas tout de suite, ajouta Patricia.

– Non, Patricia.

– Mais chéri, enfin… Un bébé, c'est un bonheur, non ?

– Oui. Mais le nôtre est trop fragile pour qu'on le risque.

– Allons, allons, dit ma belle-mère, ne soyez pas trop idéaliste. Je comprends que vous vouliez garder votre petite tranquillité, mais pour une femme, avoir des enfants…

– Elle m'a moi. Et puis d'ailleurs je suis stérile.

– Comment ?

– Je ne peux pas avoir d'enfant. J'ai fait des tests.

– Arrête maintenant, dit Patricia en me tapant la main.

– Quoi ? Tu crois que c'est drôle ? C'est de l'eau que je fais. De l'eau. On n'a jamais vu faire des enfants avec de l'eau.

– Arrête, c'est pas gentil ce que tu dis.

Patricia me prit la main. Mes beaux-parents s'étaient renfrognés et n'ouvrirent plus le bec jusqu'à ce qu'on passe à table et que mon imbécile de beau-père ne puisse s'empêcher de porter un toast à la future génération. Je cognai mon verre trop fort en trinquant avec ma belle-mère, qui ramassa les morceaux de verre en disant *ce n'est rien, ce n'est rien*. Et je surpris alors ma traîtresse de femme à répondre en rougissant *c'est peut-être rien, mais c'est quand même du Saint-Louis*. Une fois rentrée, elle allait voir de quel bois je me chauffais. Des torgnoles. Cogner. Ah cette trempe qu'elle allait prendre ! Elle n'aurait pas assez de tous ses foulards pour éponger le sang.

Patricia, sentant qu'elle en avait trop dit, se tut et me laissa parler de la société. Elle ne me reprit même pas quand j'inversai les noms des clients et des banquiers ou quand je me trompai sur les logiciels informatiques. Ma belle-mère me conseilla de ne pas m'épuiser à la tâche quand même, de garder le temps de m'occuper de ma petite femme. Je répondis qu'elle travaillait un peu, elle aussi. Et j'ajoutai *comme dit ma mère, le travail, c'est la santé*.

– Comment vont vos parents à ce propos ?

– Très bien. En pleine forme.

Nos parents s'étaient vus le jour du mariage et jamais depuis. Pourtant mes parents avaient été drôlement gentils et effacés pendant la cérémonie. Nous n'avions invité personne, nous n'avions plus personne, évidemment, mais on aurait pu faire semblant, quand même, inviter des commerçants ou un médecin de famille. Nous avions été honnêtes et, en parias de la société, seuls mes parents étaient venus me conduire à l'autel. Je me souviens de ma mère avec un chapeau jaune sur lequel mon père l'avait aidée à accrocher des cerises. Ma mère regardait la mère de Patricia dans son ensemble chic et elle lui disait *ce que vous êtes ravissante, madame.* Et elle lui tirait du madame jusque par terre et l'autre disait *mais vous de même, c'est très original ce chapeau cloche.*

Nos pères s'étaient serré la main, et le mien, qui n'avait pas encore bien retrouvé ses repères, avait mangé les cerises du chapeau de ma mère. L'autre, affolé, s'était réfugié dans l'église sans attendre sa fille. J'aimais bien mon père, finalement.

J'avais compris que ces quatre-là ne seraient jamais amis. Et tant mieux pour mon père d'avoir su, sans le savoir, éviter les dimanches de chasse. Ma mère était à peine honteuse, en tout cas moins qu'elle ne l'aurait été avant, parce que, avant, une affaire comme celle-là l'aurait fait pleurer, mais là non, ma mère regardait mon père avec gentillesse, une profonde gentillesse et une douceur inouïe. Elle ne l'aurait pas dit, mais peut-être même qu'elle préférait son chapeau au naturel, sans les cerises.

Ma mère ne m'a pas fait mal ce jour-là. Elle supportait d'être à côté de la plaque, alors qu'avant, ça oui, par rancœur, par honte, par désespoir, avant, elle nous en aurait dit des choses sur ce qu'elle avait rêvé d'être et sur ce qu'elle était devenue.

La désobéissante Patricia tomba quand même enceinte. Elle rentra du bureau et me proposa d'aller faire un tour. Je lui dis que j'étais occupé, mais elle me supplia de la suivre, *pour une fois, allez, je ne suis jamais là la journée*.

– Tu ne t'es pas organisé un mi-temps au moins, Patricia ?

– Non, j'avais juste envie de te voir.

Dans la rue, elle m'agrippa le bras et m'entraîna au magasin de jouets. Elle me fit choisir un ours et, quand je compris qu'elle allait l'acheter, j'en choisis un plus petit, en porte-clefs.

– Tu es sûr ? me dit-elle. Il n'est pas un peu petit ?

– Non, il est pratique.

– Oui, mais l'anneau ?

– Quoi l'anneau ?

– Ça peut blesser.

– On l'enlèvera.

Elle m'entraîna vers le café du jardin public et s'assit en posant l'ours sur le siège à côté d'elle.

– Qu'est-ce que tu bois ?

– Un café, s'il te plaît, chéri. Non. Pas de café. Une eau minérale.

Je détestais qu'elle prenne de l'eau minérale. Je me commandai donc un café, et un verre d'eau.

– Comment allons-nous l'appeler ? me demanda-t-elle.

– Qui ça ?

– L'ours.

– J'en sais rien moi, Colargol. Ou Nounours.

– Non mais…

– Bon. Patricia… Tu n'as pas quitté le bureau pour promener un ours nain en peluche ?

– Ne dis pas nain. Ça va porter malheur.

– Et à qui ?

– À l'enfant. J'attends un enfant.

Je bus tranquillement mon café. Elle me regardait, implorante, soucieuse. Je décidai de jouer le jeu et lui pris la main. J'avais neuf mois pour me débarrasser de l'objet encombrant.

– C’est pour quand ?

– Sept mois. T’es content ?

– Très.

– C’est vrai ? Oh mon chéri…

– Il ne faut pas que tu retournes au bureau maintenant ?

– Non. J’irai demain. Les dossiers peuvent attendre.

– Attention quand même. Il ne faudrait pas que l’entreprise fasse faillite au moment où l’enfant naîtra. Ne relâchons pas nos efforts.

– Certainement pas. Tu as raison. Allez… Rentrons, j’ai envie de faire l’amour.

Mon plan s’amorçait de lui-même. Elle commença dans l’escalier à se frotter contre ma jambe.

– Non, Patricia, ma jambe n’est pas un grattoir et nous n’allons pas faire l’amour. C’est mauvais pour l’enfant.

– Tu crois ? Mais pourtant j’avais lu que…

– Ce que tu lis ou rien, Patricia, c’est pareil. On n’a pas de relations sexuelles quand on attend un enfant. Tu imagines le traumatisme pour le fœtus ?

– Mais c’est de l’amour…

– Non. Du sale. Du dégoûtant. Toi, en revanche, tu peux me toucher, l’enfant ne sentira pas. Dieu sait que ça va être contraignant et douloureux, Patricia, ma Patricia, mais moi je ne te toucherai plus.

– Si c'est pour le bien du petit, me dit-elle en s'accroupissant.

Je ferai mon neurasthénique pour qu'elle s'occupe de moi, me dis-je. Comme elle sait à ses heures être un peu finaude, je feindrai, inconsciemment bien sûr, d'être jaloux de l'enfant à naître. Je me replierai parfois dans mon coin, l'air bougon, je lui demanderai de m'acheter un train électrique et de me préparer à goûter. Je me blottirai contre elle et rentrerai dans son bain et toucherai son ventre du doigt en disant *c'est là que je veux être*. Elle en parlera à sa mère, qui lui suggérera des remèdes, mais je résisterai à toute forme de solution, je sombrerai petit à petit dans la dépression et elle préférera avorter plutôt que de me perdre. En allant à l'hôpital, elle me dira *plus tard, on réessayera plus tard, je crois que tu n'es pas tout à fait prêt*. On changera notre matelas, sur lequel j'aurai régulièrement fait pipi. Sa mère dira à son époux *tu te rends compte, il refait pipi au lit comme un tout petit enfant jaloux*, et mon beau-père haussera les épaules en attrapant par le cou un colvert mort, qu'il lui tendra pour qu'elle le déplume.

Il fallait que j'annonce la nouvelle à Laurette. Peut-être que m'imaginer père allait changer l'idée qu'elle se faisait de moi. Je m'inscrivis donc en sciences sociales, comme elle. Les bancs de la faculté m'apporteraient peut-être l'apaisement. J'expliquai à Patricia que j'avais envie de reprendre mes études, qu'elle s'acquittait tellement bien d'un travail pour deux, que j'avais dans l'idée de la laisser s'épanouir dans l'indépendance. Et puis c'était bon pour une femme de ne pas sentir le joug du mari jusqu'au bureau. Et enfin j'étais si fier d'elle. Je lui dis que si ça la souciait vis-à-vis de ses parents, elle n'avait qu'à leur dire que j'entamais un mastère d'économie. Personne n'irait s'aviser que je suivais les cours des quatrièmes années pour m'asseoir non loin de Laurette.

Le banc avait beau être dur, je me sentais heureux, perché en haut de l'amphithéâtre. Je voyais la nuque de Laurette, gracieuse et appliquée, penchée sur un cahier, notant ce que disait le professeur, comme si ça allait lui permettre de devenir cultivée et brillante. Une fois qu'elle serait bien éduquée, je pourrais l'emmener dans des colloques de médecine et elle ne me ferait jamais honte en racontant des idioties. Elle était assise entre deux garçons proprets, l'un blond, l'autre châtain. Chacun leur tour, ils se penchaient vers elle pour rattraper un ou deux mots qu'ils n'avaient pas eu le temps de noter. Elle les laissait copier, et la connaissant, ça devait même la flatter d'être la seule à pouvoir suivre. Je suivais moi aussi, mais sans prendre de notes ; de temps à autre, afin de rapporter quelques pages écrites à la maison, je me mettais à quatre pattes pour ramasser des brouillons éparpillés par des étudiants.

Chaque matin, Patricia me demandait si j'avais parlé à mes parents.

– Tu leur as dit pour le petit ?

– Vouvoie-moi.

– Quoi ?

– Non. Je ne leur ai pas dit. Si tu crois qu'ils ont envie de devenir grands-parents. Déjà vieux avant d'avoir eu le temps. Tu veux les tuer ou quoi ?

– Mais, mon chéri… ça ne leur ferait pas plaisir ?

– J'en sais rien. Allez, va travailler, il est l'heure.

C'était bien d'avoir une femme comme Patricia. Elle partait travailler avec le sourire, s'excusant de ne pas avoir pensé à y aller plus tôt et jetant un regard à sa montre, *oh oui, dis donc, j'ai tiré au flanc aujourd'hui*. Évidemment, son ventre lourd n'arrangeait rien, mais peu m'importait puisque je ne la touchais plus et si elle s'approchait, elle le faisait délicatement, consciente qu'elle ne recevrait qu'une caresse sur le museau ou un baiser sur le front et n'espérant jamais plus. On s'entendait bien, finalement.

Jusqu'au soir où, éreintée, elle se mit à geindre.

– J'en peux plus. Je travaille trop et tu pourrais m'aider. Je gagne notre argent, je fais le ménage, le dîner.

– Et les foulards ? Je ne m'occupe pas de toi, peut-être ?

– Si, bien sûr, mais ça y est, les foulards, j'en ai plein la commode, et ce que je veux, c'est des attentions du cœur, tu vois. Des preuves d'amour.

Le coup des preuves d'amour sentait sa mère à plein nez. Je me jetai à ses genoux en lui proposant de me gifler ou de me punir si j'avais de quelque façon engendré son malheur. Elle me regarda, l'air éberlué, inquiet. On aurait dit un poisson-lune.

– Mais non, ce n'est pas ce que j'ai voulu dire, je suis heureuse avec toi, mais j'aurais besoin d'aide, au moins pour la maison.

– Tu veux que je passe l'aspirateur ?

– Oui.

– Et que je nettoie les sanitaires ?

– Oui.

– Et le repassage ?

– Non. Ça encore, je peux le faire le soir, en regardant la télé. Alors que le ménage…

– Je le ferai. Mais tu sais, avec la fac, mes patients, je n'ai pas beaucoup de temps…

– Tes patients ?

– Oui. N'oublie pas que je serai médecin un jour.

– Ah. Tu aurais peut-être dû t'inscrire en médecine plutôt qu'en sciences sociales, non ?

Je répétai sa phrase en l'imitant. Elle me remercia pour ma compréhension et partit se coucher. J'étudiai alors le mode d'emploi du produit à récurer et décapai la salle de bains. Je ne rinçai pas. Elle n'aurait qu'à le faire le lendemain, un coup de jet, ce n'était pas très fatigant. Quand elle se leva, la forte odeur d'eau de Javel la fit se trouver mal. Elle me demanda de l'aider à aérer. Elle m'ordonna de ne plus rien toucher dans la maison et m'appela plus tard du bureau pour me demander la permission d'embaucher une aide-ménagère quelques heures par semaine. Je lui dis que j'allais réfléchir.

Je réfléchis. Dans mon bain. Est-ce que j'aimerai entendre dans le couloir le pas bienveillant d'une nettoyeuse ? Est-ce que je supporterai qu'elle plie mes affaires si ses mains sentent l'oignon ? Est-ce que j'aurai envie de lui ouvrir la porte ou est-ce qu'il faudra lui donner une clef ? Et si elle détient la clef, réussirai-je à dormir en sachant qu'à l'extérieur traîne une femme dont je ne connais rien et qui peut entrer chez moi armée, accompagnée, pour me tuer ?

Je décidai que j'étais d'accord pour essayer, à condition que je la choisisse et je téléphonai à mon épouse pour lui faire connaître ma décision. *Ne la prends pas trop jolie*, me dit Patricia. Je n'avais même pas songé à ça.

Elle s'appelait Nathalie, mais je lui dis en l'embauchant qu'ici on l'appellerait Lilas. Elle bourgeonna. Je demandai à Patricia de lui prêter sa crème contre les boutons, elle se fit tirer l'oreille, mais accepta finalement de bon cœur quand j'évoquai pour l'endormir les furoncles qu'un simple bouton pouvait entraîner, lui montrant à l'appui des photos de staphylocoques présentées dans le Larousse médical que ses parents m'avaient offert pour Noël et qui ne quittait pas mon chevet.

Lilas venait une fois par semaine pour le ménage. Pour le repassage, j'avais proposé qu'on embauche ma mère, mais l'idée gênait Patricia, elle craignait que ma mère refuse le salaire. Elle me demanda la permission de faire venir Lilas une deuxième fois pour le repassage, je lui dis que son idée était mauvaise, qu'elle allait prendre de vilaines habitudes à tout déléguer comme ça. Sur les conseils de sa mère, elle bouda une soirée, puis se remit docilement à la planche le lendemain soir. Pour l'encourager, je restai à ses côtés, allumai la télévision et lui dis :

– Tu vois, Patricia, tu fais ça drôlement bien, et en un rien de temps. Même ma mère serait plus lente. Et d'ailleurs quel plaisir trouverais-tu, bêtement assise devant la télévision, les bras croisés ?

Patricia semblait d'accord. Je m'attendais parfois à ce qu'elle m'envoie un coup de fer dans la figure, ce qui aurait été légitime de la part de tout être normalement constitué, mais non, elle repassait et c'était comme si ça la calmait. *Tu es d'accord que te retirer ton fer serait comme retirer son ours à un enfant ? Tu n'aurais plus personne à qui confier tes impatiences.* Elle levait à peine ses yeux cernés de mauve. Ils étaient grands, ronds et exorbités comme ceux des vraies femmes enceintes à la peau laiteuse. Elle me disait :

– Et la fac ?

– Ça va.

– Ça te plaît ?

– C'est mieux que le bureau.

– Ce serait bien que tu reviennes un peu au bureau… Si mes parents apprennent…

– Ils n'apprendront rien puisque tu ne leur diras rien, mon amour.

– Oui, mon chéri, mais tu devrais faire un effort. Reste à la fac, mais viens à mi-temps au bureau.

– Et qui s'occupera de la maison ?

Elle finissait toujours par me caresser la tête, comme on fait avec un enfant espiègle mais gentil. Je lui disais de s'asseoir près de moi, et c'était fou l'effet que ça lui faisait, gigantesque, rien qu'une caresse, alors que les femmes qui sont bien traitées ne se rendent plus compte de ce que c'est.

J'aimais bien la regarder vomir. Ça lui arrivait souvent au début, mais maintenant que c'était moins fréquent, j'essayais de provoquer les nausées en laissant dans le lavabo, le soir, des mixtures de savon, de dentifrice et de cheveux, qu'elle trouvait le matin. Ou en décollant le papier aluminium qui recouvrait le camembert. Là, je la voyais ouvrir le réfrigérateur, rougir, puis blanchir et courir aux toilettes. Je la suivais et elle me disait *laisse-moi, laisse-moi*. Je la prenais en photo, je la filmais. J'avais envie d'appeler les gens dans la rue et de leur faire découvrir mon horrible vomisseuse. Par courtoisie, elle se rinçait la bouche, sans que je n'aie jamais eu besoin de le lui demander, et si elle avait pour ses vomissements une parole désagréable, je lui disais de se taire, que c'était d'un enfant qu'il s'agissait, et qu'il ne la vidait sûrement pas volontairement. Elle approuvait, elle me disait *oui chéri, je sais, tu as raison*.

Elle partait au bureau, me laissant seul avec Lilas chaque lundi, tout en me murmurant de surveiller que ça avançait bien. Mis à part Laurette, ma mère et Patricia, je n'avais jamais fréquenté beaucoup de femmes. Je connaissais quelques comportements récurrents chez certaines d'entre elles, mais pas grand-chose de leur sexe en général. En regardant faire Lilas, j'espérais apprendre. Elle n'était pas voleuse, mais curieuse en revanche. Quand je faisais semblant de téléphoner à l'une de mes nombreuses maîtresses, je la voyais dans le reflet d'une cafetière arrêter sa danse du balai. J'étais inventif :

– Oui, Moumoune… J'arrive, attends-moi… Mais oui, elle est partie. Mais non, je te jure, je ne la touche plus. Dormir dans son lit ? Mais tu es folle ? Et pourquoi pas lui faire un enfant aussi ! Rassure-toi, Moumoune, tu es la femme de ma vie. Et je n'ai qu'une vie.

Je sentais que ça contrariait Lilas, qui serait bien allée tout répéter à la patronne, mais son regard mauvais, plein de solidarité féminine, avait peur de moi, quand même, malgré tout. Un jour, je lui demandai de nous préparer une tisane et lui dis que ses boutons allaient mieux, qu'elle était une belle jeune femme et qu'elle aurait bientôt un petit fiancé. Elle me répondit qu'elle était mariée.

Ça m'énervait, cette assurance chez les femmes mariées qui travaillent. Je lui demandai d'accélérer un peu la cadence et d'attaquer le repassage.

– Mais j'ai fini mes heures, monsieur…

– Peut-être, mais il reste du repassage et ma femme est fatiguée, alors je vous demande de le faire. Vous rentrerez après.

Je la surveillais du coin de l'œil. Elle me toisait avec ses yeux impertinents de pimbêche. Je lui dis que je regrettais de l'avoir aidée à soigner sa peau et lui ordonnai de me laver les pieds.

Quand je revins de la faculté, Patricia m'attendait, assise sur le canapé. Elle me hurla dessus. Je hurlai plus fort, lui demandant de m'expliquer ce qui n'allait plus dans sa tête de folle. Quand j'entendis que Lilas avait pleuré et rapporté entre autres mon coup de fil à Moumoune, je hurlai de plus belle, qu'à choisir entre Lilas et moi, bien sûr, elle aurait mieux fait de se marier avec Lilas. Parce que ça, la parole d'une soubrette contre celle d'un époux…

– Ne parle pas d'elle comme ça.

– Si. Je parle comme je veux. C'est moi l'homme ici et toi tu te tais. Tu es enceinte et tu te tais.

– Je suis enceinte, je n'ai plus de femme de ménage et mon mari me maltraite.

Je la pris dans mes bras. C'était bientôt Pâques et, à Pâques, ses parents m'offraient un gros œuf plein de friture, à moi, le mari gentil. Je n'aurais voulu rater ça pour rien au monde.

Laurette avait fini par me repérer. Elle avait foncé sur moi à la fin d'un cours magistral.

– Qu'est-ce que tu fiches ici ?

– Je suis avec toi.

– Tu n'as rien à faire là.

– Mais je te regarde.

– Ça me dérange.

– Ne dis pas n'importe quoi. Je suis discret comme tout.

– Tu es un malade mental.

– Tout de suite les grands mots. Allez, viens prendre un café avec moi.

– Jamais.

– Mais comment veux-tu y arriver si tu ne mets pas un peu du tien ?

– Il est fou, il est fou, il est fou.

– Tu parles de qui ?

– Fiche-moi la paix. Je ne veux pas de toi. Je ne voudrai jamais de toi, je ne t'aime pas.

– Mais si, tu m'aimes.

– En quelle langue dois-je te le dire ? Je ne t'aimerai jamais.

– Apprends à ne jamais dire jamais.

– Tu es complètement fou.

– Et ça ne te séduit pas ? J'ai un cadeau pour toi.

Je sortis de ma poche les débris du collier que je lui avais fabriqué, à l'époque, avec les restes de l'appareil photo. Laurette, bouleversée, partit en faisant de grands gestes des bras.

À la maison, je trouvai Patricia assise devant de la layette. Elle la pliait et la rangeait dans une valise.

– Je prépare, me dit-elle.

– Ah.

– C'est bientôt, chéri, tu sais…

– Oui.

– Le docteur dit que ça peut venir d'un moment à l'autre.

– Comme ça ? D'un coup ?

– Si ça arrive, ma valise est prête. Tu n'auras qu'à nous appeler un taxi. Ne t'en fais pas surtout. Tout se passera bien.

Je ne n'inquiétais pas. L'enfant allait naître, je n'avais pas infligé assez de mauvais traitements à sa mère. Je m'étais finalement dit que ça me ferait un copain et que ça m'implanterait définitivement dans cette famille de riches. Et puis ça réjouirait ma mère, elle ne travaillait plus tellement, alors devenir grand-mère lui conviendrait. Ça ferait mal à mon père, de voir grandir un enfant comme celui qu'il avait perdu, mais il n'aurait pas le choix, alors, au bout du compte, ça lui ferait du bien. Quant à Laurette, je savais qu'elle n'attendait que de me voir en époux et père de famille pour venir mettre la zizanie en me déclarant sa flamme. Je n'avais pas une grande connaissance des femmes, mais au moins j'arrivais à cerner quelques-uns de leurs paradoxes. Les hommes mariés avaient de l'attrait.

Le petit Léon n'avait pas de cœur. Chaque nuit, il réveillait ses parents. Patricia se levait, et j'enfonçais des boules Quies dans mes oreilles en attendant que cessent les lamentations de l'enfant et de sa mère qui n'avait pas pensé que se recoucher chaque fois dans notre chambre en commentant le réveil passé et celui à venir dérangeait deux personnes au lieu d'une. Je m'étalais pourtant en travers du lit, espérant qu'elle aurait l'idée de terminer sa nuit au salon, mais elle trouvait toujours un petit recoin qui m'était superflu pour faire sa boule.

Le matin, il fallait que je tienne Léon le temps qu'elle se prépare pour le travail. Elle le déposait à la crèche au passage. J'avais proposé de le garder *malgré mes cours à la faculté*, sachant que Patricia refuserait, de crainte que ses parents n'apprennent que je n'allais jamais travailler.

Pendant que je le tenais, il hurlait. Il faut dire que je ne le tenais pas très droit et que sa tête rougeaude me rappelait tellement celle de mon demi-frère que j'avais sans cesse des fous rires. Je lui disais *ta gueule, petit con, fous-nous la paix ou je t'étouffe, tu es aussi rougeaud que ta mère, quand je l'ai rencontrée, tu es laid.* Patricia passait de temps à autre, nue, puis à moitié habillée, et gazouillait dans son oreille. Léon tendait ses bras vers elle. Elle repartait se préparer et je lui disais *maman ne veut plus de toi, tu vois ? Elle t'abandonne à ton papa, tu es content ?*

Le mercredi, elle déposait Léon chez mes parents et c'était moi qui allais l'y chercher. Mon père regardait la télévision ou écoutait sa petite radio portable en la tenant près de l'oreille. Il était vieux maintenant, la braguette toujours un peu baissée et jamais bien rasé. Ma mère gardait le sourire et, lorsqu'elle nous ouvrait, elle faisait bien attention de ne pas s'intéresser qu'à Léon, mais aussi à moi.

– Ça va, mon grand ? Tu nous as manqué… Tu devrais essayer de venir voir un peu plus souvent tes vieux parents.

– J'ai du travail.

– Ça, c'est bien… Le travail, c'est la santé. Cet enfant est adorable. Quelle chance vous avez. Tu ferais regretter à n'importe quelle fille de ne pas t'avoir épousé. Tu fais de si beaux enfants !

Cette réflexion m'inspira. Je rentrai au pas de course laisser un mot à Patricia. « Patricia, nous ne rentrerons pas ce soir. Léon et moi avons besoin d'être ensemble sans t'avoir toujours au milieu. Comprends-nous, on n'est pas méchants. Bonne nuit. »

J'attendis Laurette au pied de son immeuble. Lorsqu'elle aperçut Léon, elle n'osa pas hurler. Elle se contenta de hausser les épaules avant de passer sa porte cochère. Pour ne pas susciter le moindre regard, mon fils devait décidément n'avoir aucun attrait. Ma mère mentait. J'étais abattu. J'avais besoin de voir du pays.

L'enfant sous le bras, je pris le métro, puis le train jusqu'au quartier de l'aéroport. Il y avait autour du complexe d'aviation des rues étranges, entre de grandes tours aux enseignes lumineuses, et puis des restaurants de toutes les nationalités. J'entrai dans Le Palais de Fez et commandai un couscous. La musique arabe étonna Léon, qui pleura de plus belle. Le restaurant était vide. Le serveur était parti dans la cuisine réchauffer mon plat. Je suspendis mon fils par les pieds comme on avait appris à Patricia durant son stage Mère-Étouffement :

– Léon, si tu ne cesses pas, je te laisse ici et tu finiras comme ton oncle. Je fais l'effort de t'emmener au restaurant, alors tiens-toi correctement, je te prie.

C'était beau, les lumières, dehors. J'avais choisi une table près de la rue, d'où je pouvais apprécier les autres enseignes Ashiana, Tang, le cirque de Chine, Thaïlandrama, La Maïella el Païs. Je me disais que Léon avait de la chance de faire un tour du monde si jeune. Pour fêter ça, je lui commandai un yaourt au lait caillé, que je versai dans un verre. À trois mois, il but pour la première fois comme un grand. Je demandai au serveur de nous prendre en photo, il me demanda mon appareil, mais comme je n'en avais pas, je lui dis qu'il n'avait qu'à faire semblant. Il fit clic-clac en se cognant le côté du front avec un doigt, et en me regardant mal, et ça, qu'on me regarde mal, avec dédain ou l'air de dire : « Celui-là est tordu », je ne le supporte pas, ça manque de politesse, ça manque de générosité. Moi, j'étais assis là, à faire tourner son restaurant, alors que j'aurais très bien pu choisir de m'asseoir chez Thaïlandrama, il aurait dû avoir la reconnaissance de quelque chose, pas celle du ventre, c'est Léon qui allait l'avoir, plus tard, à cause du yaourt caillé, mais la reconnaissance du restaurateur pour son client.

Des amis du serveur entrèrent. Ils s'assirent autour de la caisse et burent des bières. J'expliquai à Léon combien, dans l'ensemble, les hommes étaient mal élevés. Puis je commençai à évoquer Laurette. Alors, comme par enchantement, une jeune femme apparut. Elle avait, comme Laurette, les lèvres humides, le regard noir et un manteau rouge. Elle s'assit seule, pas loin des hommes, et le serveur posa devant elle une grande tasse, sans qu'elle n'ait rien demandé. En échange, elle lui donna des billets. Elle devint alors belle comme Laurette et riche comme Patricia. Mais elle n'avait pas l'air heureux. Quand mon couscous arriva, je dis au serveur :

– Pouvez-vous dire à la jeune fille que je l'invite à partager mon couscous ? Je peux même lui en commander un personnel.

Il sourit pour la première fois et murmura quelque chose à la fille, qui vint s'asseoir face à moi.

– C'est à vous ? me demanda-t-elle en désignant Léon.

– Non, c'est à une amie. Je le garde.

– Et tu habites dans le coin ?

Elle me tutoyait déjà. J'avais toujours été près du succès avec les femmes et ça se révélait maintenant, au Palais de Fez.

– Non. Je suis en transit, dis-je en faisant un signe de tête vers l'aéroport.

– Loin ?

– Dubaï.

– Ah oui.

– Une fois par an, j'y fais des courses. Tout est moins cher là-bas. Et puis, en plein hiver, ça réchauffe. L'eau est à quarante degrés et parfois, en creusant des châteaux dans le sable, on trouve du pétrole. C'est pour ça que j'emmène Léon.

– Il n'est pas un peu petit pour creuser ?

– Il va apprendre.

– Et il dure combien de temps, le transit ?

– Vingt-quatre heures.

– Comme le mien, répondit-elle très naturellement. Je m'appelle Kadija.

Nous étions déjà proches. Elle toucha la joue de Léon en disant qu'il était mignon. Je n'osai la contredire, bien qu'étonné qu'on puisse juger l'enfant charmant.

– Vous le voulez ?

– Oh oui ! Mais je te prends avec. J'ai une chambre au-dessus. Tu viens y faire un tour ?

– J'attends mon couscous.

– Et après, pour digérer, entre deux vols, tu ne t'enverrais pas un peu en l'air, mon lapin ?

Léon hurlait. J'avais beau tremper mon doigt dans le yaourt et le lui faire sucer, rien ne le calmait. Je demandai à Kadija d'attendre une minute, que j'aille déposer l'enfant à sa mère dans l'aéroport. Je pris Léon sous le bras et le descendis au local à poubelles d'un parking en lui demandant d'être sage.

J'avalai mon couscous. Kadija me regardait, elle bougeait sur sa chaise, le serveur lui souriait et, quand elle me conduisit dans sa chambrette, il la félicita.

Elle se déshabilla tout de suite, tandis que je prenais mon temps, tandis que je digérais ma semoule en changeant les chaînes de la télévision. J'avais l'impression de me conduire comme un maître abusif ou comme un gros porc. On entendait les avions décoller. C'était romantique. *Envole-moi*, elle m'a dit. J'ai répondu *toi-même*.

À la maison, Patricia rongeait ses ongles en écoutant sa mère :

– Ton mari a toujours été farfelu, mais là ça dépasse les bornes. Il va rentrer, ma chérie, il va rentrer. Quand il sera là, tu lui parleras, d'accord ? Tu lui diras que son attitude est immature et égoïste. Il doit savoir quel sang d'encre tu t'es fait.

– Et s'il ne revient pas ?

– Il reviendra. Il aura faim.

– Ou froid.

– Oui… Et là, tu lui feras savoir ta façon de penser. Affaire classée. Cela étant dit, j'ai vu ta tante Paule aujourd'hui. Elle va bien.

– Ah.

– Chérie, redresse-toi, je suis sûre que tu es toute tordue, intéresse-toi un peu.

– Oui.

– Tu sais que j'aimerais devenir comme elle à son âge. Elle a sa tête, elle a ses jambes. Et puis elle mange bien, je peux te dire que le fromage n'était pas en trop.

– J'entends un bruit dans l'escalier.

– C'est lui ?

– Non.

– C'est qui ?

– J'en sais rien.

– Bon. Tante Paule n'a demandé si vous ne voudriez pas, ton mari et toi, avec le petit, faire un voyage.

– Ce n'est pas prévu.

– Pose-lui la question parce que tante Paule aimerait vous emmener tous les trois en croisière l'an prochain.

– Maman, je vais raccrocher, au cas où il essaierait d'appeler.

– Appelle tante Paule pour le Nil, hein ? Que ça ne vous file pas sous le nez. Et puis ne t'en fais pas. Tout s'arrange !

Patricia mordit le coussin où son Léon bavait souvent et pleura sur elle-même sans une pensée pour la misère du monde. Il n'y avait plus qu'elle et son manque, et son attente lui semblait tellement irréelle qu'elle se demandait si elle était vivante ou morte. Elle donna un coup de pied dans la table basse, qui n'explosa pas en débris de verre ni ne lui entailla le pied, mais la blessa sans laisser de trace. Et elle aurait voulu des traces, pour lui montrer, à lui, quand il rentrerait, quel mal elle avait eu. Elle aurait inventé n'importe quoi pour éveiller sa pitié. Elle serait descendue offrir son corps aux passants ou aux voitures et, couverte de bleus, elle lui aurait montré, à son retour, ce qu'entraînait la disparition violente d'un homme de la vie d'une femme.

Mais elle tournait dans le salon, un biberon a la main, gardé tiède pour le retour du petit, qu'elle puisse en cas de dénutrition le lui enfoncer dans le bec dès qu'il passerait la porte. Elle se demandait pourquoi elle avait épousé un monstre et comment un bébé avait pu naître d'une union si minable. Elle excusait son mari en se disant qu'enfant il avait été un surdoué contrarié. Elle se souvenait de leur rencontre, de l'émoi qu'elle avait ressenti chaque fois qu'il lui avait mal parlé, et elle se demandait d'ou leur venait cette attirance pour l'agressivité et l'humiliation. Elle allait chercher une réponse du côté de chez ses parents et de la tante Paule, elle se demandait si elle était normale ou folle. Elle prit la ferme résolution de changer si son mari revenait. Elle comprit qu'il n'y avait rien à en tirer et qu'elle préférait devenir à son tour tyrannique plutôt que de rester idiote.

Je me doutais que Patricia ne serait pas très contente. Je fis donc un détour par la boutique de foulards. Elle fermait la nuit. Il était quatre heures du matin. Bredouille, j'ouvris délicatement la porte de chez moi. Ses yeux étaient rouges, elle avait dû pleurer.

– Où est Léon ?

– Léon ?

– Oui, Léon, notre fils ! abruti !

– Je l'ai oublié au parking.

– Quel parking ?

– À l'aéroport.

J'avais oublié Léon et, pendant que sa mère poussait des cris, je repensais à mon couscous et aux caresses de Kadija. Pour la calmer, je lui dis :

– Allons nous coucher. Nous irons le chercher demain. Ça m'étonnerait qu'on nous le prenne.

Elle vociférait, elle en avait contre les parkings, contre les hommes, contre ma mère, contre son biberon, qu'elle jeta par terre avant de se précipiter sur moi toutes griffes dehors. Je dus partir dans la nuit noire chercher le petit. Elle psalmodiait des mots inutiles et je lui dis :

– Arrête. Si tu me dis des méchancetés, dis-les distinctement, je ne comprends rien.

Elle ouvrit les fenêtres du taxi. Le chauffeur nous regardait bizarrement.

– Il est mort, disait-elle. Il est mort et je vais te tuer.

– Mais non, il n'est pas mort. Il dort.

– Tu l'as laissé où ? Dans un chariot ? Dans une poubelle ?

– À côté.

– À côté des poubelles ?

– Mais oui. Ne t'inquiète pas comme ça.

– Appelez la police, dit-elle au chauffeur. Mon mari est fou. Soyez témoin, de grâce, soyez mon témoin.

Le taxi nous laissa au premier niveau du parking de l'aéroport.

– Où il est ? Où tu l'as mis ?

– Je ne sais plus. Tous les étages se ressemblent ici... je n'étais pas entré par le même côté.

– Je m'en fous de par où tu es entré ! Malade ! Taré !

Nous arpentâmes les différents niveaux. Je la pris par le cou et lui proposai d'aller boire un thé à la menthe au Palais de Fez. Elle me cracha à la figure.

Léon nous attendait, tout bleu d'avoir pleuré, et tout seul parce que aucune poubelle ne l'avait vu ni n'avait songé à le ramasser. Patricia le prit contre elle comme un objet précieux et partit sans se retourner. J'étais veuf et orphelin.

Laurette habitait au septième étage, avec les bonnes. Tenu hors de chez moi par ma mauvaise épouse, je décidai d'aller la border.

La nuit la rendait craintive. Lorsqu'elle me vit dans l'encadrement de sa porte, elle recula. Puis, sans autre réflexe, sans réaction, elle me laissa tracer mon chemin jusqu'à son lit. Elle resta debout, les bras le long du corps. Elle portait un vieux tee-shirt et des chaussettes en accordéon. Elle me demanda ce que je voulais et je répondis *à ton avis ?* et là, elle eut une phrase, une phrase étrange, une phrase qui voulait dire qu'elle acceptait que je la touche à condition de jurer de ne plus jamais chercher à la revoir ensuite et que ça se fasse rapidement. Alors elle s'approcha, ferma les yeux, et détourna les lèvres chaque fois que je voulus les embrasser. Allongée sur le dos, elle ressemblait à une morte. Une grosse morte.

– Tu as grossi depuis l'école.

Elle ne répondit pas, mais ne put me cacher son émotion lorsque l'amour débuta. Des larmes roulaient sur ses joues, et sa lèvre inférieure tremblait. Elle sentait bon le sucre et la transpiration de la nuit qu'elle avait commencée sans moi. Je visitai Laurette sans trop de surprises puisque je la connaissais déjà, en rêve, depuis une décennie. À la fin, elle se recroquevilla contre le mur. Quand je la pris dans mes bras, elle me demanda de sortir, je lui dis que je n'avais nulle part où dormir et que j'avais sommeil. Je m'endormis.

Au matin, Laurette avait disparu. Elle avait laissé un mot sur la table. *Maintenant, tu dois être content. Ne reviens jamais.*

Je pris une douche et ouvris ses placards pour voir de quoi elle se nourrissait, ce qui avait bien pu la faire forcir comme ça. Des produits allégés, des biscottes, des savons, des lessives. C'était plutôt la solitude qui l'avait engrossée. Elle aurait eu besoin de partager ses repas avec d'autres personnes que ses parents, à qui elle devait rendre parfois visite, quelques étages plus bas, tout en regrettant d'en être encore là à son âge. Elle écoutait sa mère dire du mal de ses boutons et de ses kilos superflus ; quant à son père, il rêvait pour elle, à haute voix, d'un homme veuf et pas trop exigeant sur la qualité. Il déprimait à l'idée de laisser Laurette orpheline, sans un soutien viril pour lui rappeler les fondements d'une vie saine et équilibrée. Parfois il feuilletait l'annuaire de sa société et cornait les pages où figuraient des hommes qui correspondaient à ses critères. Laurette regardait leurs photos et maudissait son père, elle qui n'aimait que moi depuis plus de dix ans. Mais comment leur avouer qu'elle était éprise d'un homme marié, père de surcroît ? Elle préférait manger des gâteaux trempés dans du chocolat, plutôt que d'avoir affaire aux réflexions de ces êtres épais. Elle attendait son indépendance financière pour quitter à jamais sa famille et en former une avec moi. Nous aurions un chien et peut-être des vélos, ou un tandem. Le matin, je la déposerais à son travail, puis je pédalerais dur pour ramener le tandem à son arbre. Le soir, j'irais la rechercher. Elle préparerait le dîner en répétant tout ce que je lui aurais appris, *je suis ta chose, je ne suis qu'à toi, il n'y a que toi, je n'aime que toi, tu es mon amour, je fais ce que tu veux, je veux que tu m'aimes toujours, je suis ta femme*. Je la regarderais s'accroupir pour me tendre le whisky-grenadine qu'elle m'aurait versé, et rester là, à mes pieds, pendant que je la frapperais dès que l'envie m'en prendrait. Et elle dirait *encore*.

J'étais le seul homme jeune à pouvoir la comprendre. Elle n'aimait que les vieux. Les hommes jeunes la dégoûtaient. Aucun poil gris, des mains sans taches, une peau sans rides, une vie sans passé. Elle voulait être la dernière, et n'avait pas assez confiance en la vie pour s'estimer capable de devenir la dernière femme d'un homme jeune.

Je serais comme un vieil homme. Je saurais l'aimer comme une égérie, lui garder sa jeunesse éternelle et trouver les mots pour lui dire qu'elle m'a donné la vie. Elle me croirait.

Je laissai un mot sur son bureau : « Encore. »

En arrivant chez moi, je trouvai une valise portant mon nom sur le palier. Je sonnai. Patricia ouvrit :

– Tu as de la merde dans les yeux ? me demanda-t-elle en indiquant la valise.

– Non. Je rentre chez moi.

– Tu te tires, salopard, et si je te revois traîner dans le quartier, je te fais enfermer.

– Patricia, je suis quand même ton mari, je te prie d'être correcte, surtout devant l'enfant.

– Va te faire foutre ! Crève ! hurla-t-elle en claquant la porte.

Mais j'avais eu le temps de me glisser à l'intérieur...

– Ma Patricia, je comprends que tu sois énervée, mais l'erreur est humaine...

– Humaine ? Abandonner notre enfant dans un sous-sol, et l'oublier ? Et pourquoi tu l'as laissé là ? Il était trop lourd ?

– J'étais épuisé. J'avais sommeil. Je suis allé dormir à l'hôtel. Il n'arrêtait pas de pleurer. J'avais envie de le cogner contre les murs. Il faut me comprendre, je suis fragile, il me tapait sur les nerfs. J'ai perdu la tête.

– Tu le reconnais ? Enfin ?

– Oui. J'ai voulu le poser, n'importe où, profiter du silence. Je suis rentré dès que je me suis réveillé. C'était comme dans un rêve. Je n'aurais pas abandonné le petit si j'avais eu toute ma conscience. Je suis malade, Patricia. Malade et condamné à mourir si tu m'abandonnes. Protège-moi, mon amour, ne me laisse pas, j'ai besoin de ton aide.

« Mon amour » avait fait mouche. Elle se blottit contre moi. Elle pleurait tout en répétant qu'elle avait eu si peur, de le perdre, de me perdre.

– Quand commencera-t-il à manger de la viande et des légumes ?

– À six mois.

– Mais on va en faire un obèse avec tout ce lait, et l'odeur… Comment te dire, l'odeur est atroce. Ça aussi, ça me rend dingue, l'odeur du lait. Il faut m'aider.

– Tu vas mal, n'est-ce pas ?

– Oui. La vie est dure.

– Je sais. Je suis là. Je m'occuperai de tout. Je m'occuperai de toi. Ne fais pas de bêtise.

Patricia partit travailler en emmenant Léon. Quand je me mis à la fenêtre pour leur faire un signe, Patricia cria qu'elle avait oublié de me dire quelque chose à propos d'un voyage. Elle avait retrouvé sa couleur, sa joie de vivre. Ce soir, elle rapporterait l'enfant et le salaire, et me défendrait si sa mère disait encore du mal de moi.

Je me mis dans un bain chaud en pensant aux fesses de Kadija et appelai Allô couscous pour commander mon déjeuner.

Quand le livreur arriva, je sentis une vague de tristesse bouleverser mon corps entier. Je lui demandai de partager mon repas, mais il refusa, il avait d'autres livraisons. J'allais devoir manger tout seul. Pourtant je voulais voir du monde, même Léon, n'importe qui. L'appartement était en train de mourir. J'attendais qu'on me prenne la main et qu'on me caresse les cheveux, qu'on me rajuste mon petit loden et qu'on déroge, qu'on ne me laisse pas aux portes de l'école, qu'on y entre avec moi et qu'on s'impose et qu'on m'impose.

Patricia fit venir le médecin. Je n'avais pas eu la force d'aller à lui. Ma tristesse était si lourde que, même soutenu par quelqu'un, je ne pouvais la traîner jusqu'à un cabinet. C'était elle qui décidait, même de ma position dans le lit. Elle appuyait tant sur mes jambes que je devais les replier contre moi pour pouvoir supporter de les garder entières. Quelquefois elle s'attaquait à mes tempes, elle les broyait avec application. Elle avait jusqu'alors respecté les limites de mon cerveau, mais je sentais bien qu'elle furetait dans le coin, en quête d'un mauvais coup. Le médecin avait diagnostiqué un surmenage.

Je bavardais beaucoup avec ma léthargie et, pour ne pas la rendre plus virulente en la blessant par l'usage d'un méchant sobriquet, je me contentais de l'appeler Tristesse. Je lui disais Tristesse, va-t'en. Laisse-moi maintenant. J'ai compris. J'ai compris quoi ? La vie. Toute la vie.

Je vais la vivre. Mais il faut le temps de s'y faire. Travailler ? Non, peut-être pas quand même. Mais je vais aimer quelqu'un. Je vais décider d'aimer quelqu'un et je l'aimerai toujours. Non, pas Laurette. Quelqu'un d'autre. Comme ça, ça fera deux amours. C'est bien pour remplir la vie d'un homme. Je vais aimer Léon, par exemple. Et un jour, Laurette, Léon et moi, nous serons ensemble. Tristesse ? Tu m'écoutes ? Tristesse ?

Des larmes coulaient. Tristesse était partout, au fond de moi et sur la tête des gens. Je dormais. Les réveils m'engourdissaient. Je faisais le tour de l'appartement et passais en revue mes envies. Elles étaient au plus bas, je n'allumais ni la radio ni le téléviseur, le bruit du grille-pain me faisait pleurer autant que l'odeur du café. Je n'aimais pas l'atmosphère des maisons qui se lèvent. Je me recouchais. je tentais plusieurs fois par jour, à chaque réveil, des incursions dans différentes pièces. Seule la salle de bains, à condition de ne pas l'éclairer, m'apportait un peu de satisfaction. Je me glissais au fond d'un bain brûlant, pour me réveiller, quelques heures plus tard, gelé mais heureux à l'idée de retrouver ma couette chaude. Le sommeil était un délice, il m'emportait dès que j'avais posé mon nez dans les plis du drap. Un oreiller devant le visage me permettait de rester dans la pénombre sans avoir à toucher aux volets que Patricia avait ouverts. Je ne bougeais plus et l'air sur moi passait comme sur un lit vide.

– Il en est où de sa dépression ? demandait ma belle-mère à Patricia.

– Il lutte, répondait-elle, fière de moi. Il s'en sortira. Le pauvre.

– Il est quand même original, ce garçon. Surmené à force de ne rien faire.

– Maman… S'il te plaît…

– Quoi ? C'est pas vrai ? Allez va… Tu penses comme moi ! Il est un peu original. Je ne dis pas que ce soit dramatique. J'aurais seulement aimé que ma fille tombe sur quelqu'un de bien.

– Ça me regarde, maman.

Bien parlé. Je reposai le combiné de la chambre. Je n'écouterais jamais plus leurs conversations. Ça ne m'intéressait pas de les écouter pérorer. C'était de moi qu'il s'agissait, et ça n'avait pas d'intérêt.

Patricia me défendait et je ne me demandais même plus d'où venait cet acharnement à m'aimer. Il avait quelque chose à voir avec ma passion pour Laurette. Dans l'entêtement, Patricia trouvait une certaine forme de joie de vivre. J'avais maigri, je n'avais pas de conversation, mon corps avait été ramolli, vidé de toute humeur, il était devenu sec et friable. Patricia me regardait bouger avec angoisse et me suivait, prête à se précipiter sur mon premier os perdu pour s'en faire un pendentif.

Elle me mettait des vitamines sur la langue et je les avalais avec des jus de fruits frais qu'elle avait pressés pour me redonner la santé. Elle faisait taire Léon ou s'enfermait avec lui au bout de l'appartement pour m'épargner ses cris. Un jour, après des mois de sommeil, elle me fit une drôle de proposition : partir sur le Nil avec sa vieille tante. Elle me dit :

– Voila, mon chéri... Tante Paule nous propose de l'accompagner en croisière l'été prochain. Mais Léon est trop petit et je dois m'occuper du bureau... Alors pourquoi tu n'irais pas, toi, seul avec elle ? Ça te changerait, peut-être que ça t'aiderait à te sentir mieux... Elle est gentille, tu sais, et drôle... En plus, elle est bien pour son âge... Elle a ses jambes...

– Oui, je sais. Et sa tête. Elle a ses jambes et sa tête. Et qu'est-ce qu'on en fera ?

– Vous remonterez le Nil.

– C'est fatigant. On ne peut pas le descendre plutôt ?

– Mais tout se passera en bateau, chéri...

– Et on sera entre vieux ?

– Non. Ce ne sera sans doute pas de la première jeunesse, mais tu rencontreras peut-être des hommes comme toi, un peu perdus, qui se cherchent, ont besoin de faire le point sur eux-mêmes.

– Je vais réfléchir.

– C'est bien. Tu as le temps.

Voguer sans bouger, la tante Paule à mes côtés, certes, mais l'âme en paix, puisqu'on la préviendra, bien sûr, on lui dira de ne pas me brusquer, que je déprime à cause de la vie et de l'enfance et de Laurette, mon amour que j'aime.

Laurette attendait un enfant. Patricia avait guetté une phase d'éveil pour aborder le sujet :

– Tu aurais pu me dire que tu avais revu Laurette ! Tu lui avais donné notre adresse ? Elle est passée nous voir. Figure-toi qu'elle est enceinte. On a pris un café… Tu dormais, je n'ai pas voulu te déranger.

Le monde devint beau et lumineux. Je me précipitai chez Laurette. Elle était aussi ronde qu'un globe terrestre.

– Je suis là, lui dis-je en regardant le ventre magnifique que je lui avais donné.

– Va-t'en. Tu avais promis.

– Mais tu es passée à la maison, non ?

– J'ai vu ta femme. Laisse tomber. Elle est gentille. Je n'ai rien dit. Ce n'est pas la peine.

– Mais je vais lui dire, moi… Elle comprendra, elle comprend tout. Et je vais t'épouser.

– Tire-toi. Je ne veux pas de cet enfant. Je le donnerai, et si personne n'en veut, je le mettrai à la poubelle.

Elle dérailla quelque temps au sujet des tortures qu'elle avait bien l'intention de lui faire subir, m'expliquant que le médecin n'avait pas voulu interrompre sa grossesse parce qu'elle l'avait découverte trop tard. Elle exprima dans le détail les va-et-vient de sa haine pour moi, concluant que cet enfant lui avait permis au moins de faire une croix sur ses parents, lesquels à l'annonce de l'horrible nouvelle, l'avaient rejetée comme une malpropre. Elle trouvait pratique de savoir qu'elle n'aurait jamais à faire leur deuil. Elle vieillirait mieux sans eux, sans avoir à anticiper durant les dimanches pluvieux la peine qu'elle éprouverait s'ils venaient à décéder. Je lui dis qu'elle avait raison et que c'était en plus à cause de leur nourriture de vieux qu'elle avait tant grossi. Après quoi, elle me mit dehors manu militari.

J'étais interloqué, je ne savais pas comment la prendre. Chaque fois que je lui rendais visite, elle me claquait la porte au nez et pleurait. Je déposais de la nourriture sur son paillasson et la retrouvais le lendemain, rance ou pourrie. Par crainte de sa réaction, je n'osais pas demander conseil à Patricia ; j'avais horreur des scènes. J'attendis patiemment que Laurette accouche. À la maison, je ne dérangeais rien, je faisais les courses, je me reposais en guettant le retour de Patricia. Elle portait Léon à la crèche chaque matin parce qu'elle n'avait pas confiance en moi, mais elle ne le disait pas, elle disait que c'était pour m'éviter une contrainte. Léon dormait avec Patricia et j'occupais désormais sa chambre. Patricia venait m'y border comme un deuxième enfant et ne m'ennuyait jamais avec les devoirs conjugaux. Son Léon la comblait. En me penchant par la fenêtre, je pouvais voir si la chambre de bonne de Laurette était éclairée ou pas. Quand elle s'éteignait, je me précipitais pour surveiller la rue. Jusqu'au soir où j'ai vu un taxi s'arrêter. Laurette allait accoucher. Je suis monté dans le taxi, elle souffrait trop pour me jeter dehors, alors j'ai lancé un joyeux *roulez, chauffeur, ma femme va accoucher !* afin de la rassurer, afin qu'elle sente bien cette présence virile et solide comme un roc veillant sur elle. Et je lui ai pris la main. Si j'avais été une femme, j'aurais été fier de mon mari.

Une fois étendue, elle a demandé aux infirmières de me faire sortir, mais une aide-soignante lui a tapé sur l'épaule en disant *allons, allons, un mari, ça rassure, c'est fait pour ça !*

Laurette donnait du poing contre le matelas. Elle serrait les dents et enfonçait ses ongles dans ma main d'homme essentiel. Je lui disais de pousser, elle me hurlait de me taire, elle pleurait, et la sage-femme disait *c'est bien, monsieur, encouragez la dame. Elle en a besoin.*

À sa venue au monde, mon fils mesurait quarante-huit centimètres et pesait deux kilos neuf cent cinquante. Laurette ne voulut pas le prendre dans ses bras et hurla qu'on lui donne un formulaire d'abandon. Je dus expliquer au personnel soignant qu'elle était parfois tordue. On la piqua pour qu'elle se taise. Trois jours plus tard, elle sortit. Je portais l'enfant, elle marchait devant en regardant les vitrines. Le petit ne pouvant pas traîner dehors comme ça, je m'approchais d'elle pour lui demander de me suivre, mais elle entrait dans les boutiques et s'enfermait dans les cabines d'essayage. Je finis par l'attraper par le bras. Elle s'assit sur le bord du caniveau et regarda l'eau comme si elle s'attendait à y trouver des poissons.

– Enlève tes pieds du caniveau, Laurette. Tu vas prendre froid.

– Tire-toi. Garde le gosse et fiche-moi la paix.

– C'est vrai ? je peux le prendre ? Et comment il s'appelle ?

– Demande à Patricia.

Je rentrai chez moi, abandonnant Laurette à sa démence. Elle se calmerait, elle finirait, soumise, par regagner sa chambre de bonne et effacerait tous ses souvenirs. Elle convaincrait ses parents qu'elle n'avait jamais attendu d'enfant et qu'elle était toujours leur fille chérie à boutons et rondeurs.

Patricia hurla :

– Qu'est-ce que c'est que ça ? Ça fait trois jours, t'entends ? Trois jours que je te cherche. T'étais où ? C'est qui, ça ?

– Mon fils. Eudes-Blaise.

Patricia se prit la tête entre les mains et partit dans la cuisine téléphoner à ma mère. *Venez le chercher, je n'en peux plus, je n'en veux plus, reprenez votre fils*... Ainsi vis-je arriver ma mère, mon père et Léon qui faisait ses premiers pas. Je lui demandai de se pousser et de ne pas approcher Eudes-Blaise, qui était fragile et sans défense. Comme Léon insistait pour l'embrasser, je lui envoyai un petit coup de pied et lui fis les gros yeux. Il se dressa sur ses ergots et ma mère le prit dans ses bras pour l'ôter de ma vue. Patricia pleurait, elle me demandait qui était la mère d'Eudes-Blaise, rythmant ses questions par *alors, comme ça, tu as une maîtresse ? Et moi, et moi, qu'est-ce que j'ai fait pour mériter ça ?* Puis ma mère la pria de cesser ses pleurs et de nous trouver plutôt une couche pour changer Eudes-Blaise. Mon père comptait les rayures du papier peint en demandant si on y allait. On y alla. Mon père, ma mère, mon fils et moi.

Regarder Eudes-Blaise était un enchantement. Il me ressemblait, beau et discret, pâle et contemplatif. Il s'adaptait à toutes les situations, comme un enfant de vieux qui n'aurait pas côtoyé assez de jeunesse pour connaître une palette étendue de caprices. Quand il était posé à côté de mon père, il lui ressemblait aussi. Quand il était sur ma mère, il la regardait. Quand il me regardait, il me plaisait. C'était comme un légume appétissant. J'avais appris à le changer, il était beau. Ma mère avait pris sa retraite parce que mon père trouvait qu'elle exprimait trop haut sa jouissance.

– Tu m'interdiras donc tous mes petits plaisirs, se plaignait-elle.

– J'aime pas quand tu jouis, tu râles comme un homme, répondait-il.

Du coup, elle lavait. Peut-être plus encore que dans mon enfance. Elle était obnubilée par la brillance des meubles et l'odeur des sols. Elle les sentait, elle se mettait à plat ventre après avoir passé la serpillière, accroupie, déçue par le balai qui *laissait des ombres*. Elle posait son nez contre le sol et, au flair, se dirigeait vers un coin pour *redonner un coup*. Elle avait beau y poser des napperons, mon père faisait des ronds sur l'accoudoir du canapé en velours, c'était plus fort que lui, il faisait des ronds. Même avec ce qu'il mangeait, il faisait des ronds, il disposait ses déchets en cercle, s'énervant quand un poisson pané rectangulaire ne formait pas un rond parfait après découpage. Après les avoir contenues, ma mère piquait des crises de nerfs qui sortaient par rafales, exactement comme avant. C'était ma jeunesse qui revenait. Elle disait *bouffe du Ronron, au moins tu seras tranquille. Mais qui m'a fichu un imbécile pareil !*

Dès que l'ambiance s'envenimait, je retrouvais naturellement mes questions d'enfance. Je demandais à maman de me raconter encore sa rencontre avec mon père et ça la calmait. Il écoutait, étonné, comme s'il avait été absent ce jour-là. Enfant, j'avais noté que le récit de leur rencontre les réconciliait. Ainsi qu'une grève ou une menace de guerre. Ça les soudait. J'aimais bien quand on craignait un conflit mondial et que ma mère achetait des denrées et soupirait en contemplant son bonheur, devenu d'un coup éphémère. Bien sûr, quand elle sortait de sa dispute pour parler de leur rencontre, ma mère commençait par dire *eh bien ce jour-là, j'aurais mieux fait de me casser une jambe !* puis elle se laissait doucement emporter par le fil de son récit.

Mon père et ma mère s'étaient rencontrés au bal du 14 juillet. Elle était gourde dans une robe qu'elle n'aimait pas ; lui, sentait la bière. Ils s'étaient plu tout de suite et étaient allés dans le foin s'étendre pour admirer le feu d'artifice. Oui, il y avait déjà des feux d'artifice à l'époque. Ils s'étaient pris la main et mon père avait raconté n'importe quoi sur le nom des étoiles du ciel. Ce n'est que bien des années plus tard, un jour où elle tentait de vérifier auprès de lui l'incidence de la pleine lune sur ses cheveux, qu'il lui avait avoué qu'il ne connaissait rien à l'astronomie et qu'à l'époque il avait seulement voulu lui plaire. Après, ils avaient regagné la salle de bal et l'accordéoniste avait joué pour eux, *et pour les autres*, marmonnait mon père, *L'Amant de Saint-Jean*. Et ma mère achevait son récit, émue, en disant que l'on croit toujours aux doux mots d'amour quand ils sont dits avec les yeux et qu'il lui avait suffi d'un seul baiser pour que son cœur soit prisonnier. Cela étant dit, mon père allait mettre le disque et la chanteuse nous repassait leur rencontre. Là, je demandais s'ils s'étaient revus rapidement. Et ma mère me disait *non. Il m'a méritée. Je ne suis pas ce qu'on appelle une fille facile.*

Patricia venait parfois chez mes parents pour me demander le divorce, mais elle l'exigeait avec tellement de conviction que cela sonnait faux. Je lui disais *petite amoureuse, va !* et elle trépignait, prenait mes parents à témoin, fâchée d'avoir été démasquée. *Ravalez votre haine*, lui suggérait ma mère. *Ça n'a jamais rien résolu.* Elle partait, furieuse, Léon sous le bras, la gorge sèche d'avoir trop crié. Elle s'était disputée avec ses parents pour m'avoir défendu par honneur, *mon honneur à moi*, me disait-elle, *ne va pas te faire des idées, ce n'est pas par amour*. Son père, qui avait le sens des formules, lui avait dit qu'il pouvait quelque chose pour une fille niaise, mais pas pour une médiocre cocue. Seule sa tante Paule avait eu pitié de moi et m'avait défendu bec et ongles, mettant en avant la supériorité d'un homme à femmes sur un homme fidèle. Elle avait même pris la peine de me téléphoner pour me dire combien tout ceci était sans importance et comme j'avais bien fait d'offrir un enfant à une femme que j'aimais.

Elle aussi aimait bien les crises. Entre les crises et l'hypothétique croisière qu'elle reportait d'année en année, son quotidien n'avait rien à envier à celui d'une jeune femme d'affaires.

De guerre lasse, Patricia finit par me demander de revenir. Avec Eudes-Blaise. Je lui dis que nous nous trouvions très bien chez mes parents, qui ne nous contrariaient pas à tout bout de champ, eux, au moins. Elle suppliait ma mère de lui rendre son mari, laquelle haussait les épaules et consultait mon père, qui faisait répéter la question, puis s'en détournait en ouvrant la fenêtre. Patricia demanda à ma mère de lui laisser voir Eudes-Blaise, juste voir. Et ma mère le lui montra, certaine qu'elle le détesterait, qu'elle ne s'y ferait jamais. Patricia resta longtemps à regarder mon enfant, puis elle le souleva et le serra contre elle en murmurant *pauvre petit, tu auras une maman, je te le promets. Tu acceptes que je devienne ta maman, petit ange ?*

Elle emporta l'enfant. Ma mère la laissa faire. Une tache de bave collait sur le fauteuil en velours et elle était trop affairée à la brosser pour prendre garde à ce petit-enfant qui l'avait hissée pour la seconde fois au terrible état de grand-mère, dont elle se serait bien passée. Elle râlait en frottant. Mon père l'autorisa à continuer le ménage, mais en silence. *Sans les râles*, disait-il, *pareil, aussi propre, mais sans les râles.*

C'est ainsi que ma femme aima mon enfant. Elle partageait équitablement son temps entre Eudes-Blaise et Léon, à qui elle ordonnait parfois d'être plus patient avec son petit frère. Elle mourrait, c'était sûr, en me remerciant de lui avoir donné deux beaux enfants.

Je retournai donc vivre avec Patricia. Eudes-Blaise la préféra à moi. je finis par le détester. Je comprenais Laurette qui l'avait abandonné. Je me remis à penser à elle. La trêve avait été de courte durée. Laurette n'occupait plus sa chambre de bonne d'où ses parents l'avaient chassée. Elle vivait avec un professeur d'université, où elle travaillait désormais. Chaque soir, il lui disait qu'il l'aimait et elle répondait *moi aussi* en pensant à autre chose. Elle pensait à moi, et à cette vie gâchée par l'arrivée de l'enfant. Elle préparait à dîner, ils regardaient côte à côte un mauvais film ou une cassette qu'elle allait louer au vidéoclub, sauf s'il arrivait avant elle, auquel cas c'était lui qui allait chercher le film, choisissant toujours une histoire romantique pour lui faire plaisir. Il se refusait à prendre un film de guerre, même s'il en mourait d'envie. Il aurait tout donné pour ne jamais lui déplaire. Mais elle, c'était bien autre chose qui la faisait rêver. Enfant, elle avait aspiré à d'autres princes charmants, plus téméraires, moins pleutres, plus épanouis, moins tristes.

Elle ne lui avait jamais parlé de son enfant, elle avait même tenté de lui faire croire qu'elle était encore vierge lorsqu'il l'avait prise, et il avait feint de la croire, ne voulant pas la froisser. Il était de ces hommes qui portent la misère du monde par devoir, de ces victimes passives qui cherchent leur rédemption dans le don aveugle d'elles-mêmes.

Il avait décidé de la demander en mariage, mais attendait que le moment s'y prête. Il souhaitait une belle mise en scène, comme dans les séries télévisées, une déclaration genou à terre ou un dîner aux chandelles avec une bague de fiançailles cachée au fond d'un verre de champagne. Il rêvait en passant devant les magasins de robes de mariée, espérant toutefois qu'elle n'en choisirait pas une de couleur crème, ornée de perles. Il aimait les robes simples et près du corps, il n'avait pas envie d'épouser une meringue. Il emmènerait Laurette en voyage de noces en Italie, mais hélas pendant les vacances scolaires. C'était là qu'ils pêchaient leur temps libre.

Nous vieillissions. J'étais étranger chez moi. Patricia me faisait manger les restes des enfants, nous les partagions d'ailleurs, car elle passait tous leurs caprices, leur cuisinant autre chose dès qu'ils n'aimaient pas ce qu'elle avait préparé. À deux, ils avaient appris les horreurs de l'enfance, le mensonge, la méchanceté, l'égoïsme, la colère, les mauvaises pensées. Eudes-Blaise et Léon finiraient par s'étrangler, plus tard, par vengeance. L'un prendrait la fiancée de l'autre, ou son travail, ou son héritage. Ils n'étaient pas frères de sang et ne le deviendraient jamais. Ils deviendraient ce que déciderait la vie, c'est-à-dire morts avant d'avoir eu le temps de faire le bien.

Je restais dans la chambre des enfants et faisais à leur place les puzzles qu'ils délaissaient sous prétexte qu'ils ne leur plaisaient plus. Parfois Eudes-Blaise et Léon venaient les détruire, et je rentrais dans ma chambre avec le mal qui ne me quitterait jamais plus, celui des cours de récréation. Patricia, devenue une sorte de vieille institutrice revêche, s'était tellement occupée des enfants que notre entreprise de communication périclitait. Elle avait décidé de passer un brevet de garde d'enfants. Elle disait qu'elle avait trouvé sa véritable vocation. Elle n'était douce avec moi que pour me demander un autre enfant, ce à quoi je répondais *non, Patricia*. Alors elle claquait la porte de ma chambre et disait qu'elle irait se le faire faire ailleurs.

Ailleurs. Je n'avais même plus d'ailleurs personnel. Je n'avais que mes parents et leur ailleurs douloureux et sombre. Ma mère faisait des démarches pour qu'une maison spécialisée prenne mon père. Mais elle disait que, pour trouver une place, il fallait du piston. Et nous, on n'avait jamais connu le piston.

J'espérais qu'une maladie grave se déclare en moi et m'emporte. Parfois, en allant au square où mon père avait rencontré madame X je croisais d'anciens camarades d'école. Ils étaient en famille et faisaient ceux qui ne me reconnaissaient pas. Je me penchais au-dessus des flaques d'eau, pour voir si j'avais tellement changé.

Mes parents s'agaçaient lorsque je leur rendais visite. Ma mère disait regretter de ne pas avoir eu un enfant épanoui, et que ça suffisait maintenant les soucis. Mon père me regardait fixement, il ressemblait à un hypnotiseur. J'avais beau me méfier des murs, même eux, je savais qu'ils parlaient de moi. Ils racontaient, ils trahissaient comment, enfant, j'avais envoyé mon père en prison, puis changé la maison en lupanar. Même les portraits des grands-parents marmonnaient dans les placards. Ma mère avait conservé mes vieux jouets, alors ils croupissaient ensemble au fond d'un coffre en bois, se racontant pour passer le temps le mauvais propriétaire que j'étais devenu en grandissant, et se félicitant chaque jour de mon départ de la maison. Patricia me reparla de cette espèce de croisière que tante Paule remettait d'année en année pour qu'on continue à la respecter ou à l'aimer, et me dit avec son air aimable que je n'avais qu'à accepter d'y aller. Seul. Ça motiverait tante Paule. Ça me ferait faire une bonne action. Dans une vie, c'était toujours mieux que rien. Et surtout, ça lui ferait des vacances.

Le capitaine de *L'Angelus*, des croisières Tanguy, nous accueillit chaleureusement sur le pont du bateau. Tante Paule me présenta comme son neveu, j'eus honte, je ne compris pas pourquoi elle n'expliquait pas notre lien généalogique correctement. J'avais l'air d'un gigolo et elle semblait fière d'en promener un. C'est fou ce que les vieilles personnes prennent comme plaisir à vous faire honte. *L'Angelus* flottait, et ça ne me dérangeait pas en soi, même si je m'étonnais que tant de monde jette son dévolu sur un voyage si lent. Je pris le parti, comme les autres vieux, de ne rien voir de l'Égypte et de profiter de toutes les attractions qu'offrait *L'Angelus*.

Dos aux paysages, je répondais aux questions de culture générale des jeux organisés avant le déjeuner. Avec les clowns animateurs, Pète et Proute, on jouait au water-polo pour ne pas voir Louxor et sa beauté, et pendant les concours de danse égyptienne, je me moquais de l'équipe adverse en chantant *Dans le cul Lulu, dans le cul Lulu*, etc.

L'Angelus regorgeait de cerveaux. Un chasseur de têtes y eût perdu la raison. Les passagers avaient tous eu une vie professionnelle terriblement débordante. Ils se la racontaient à table et sur les ponts. Se serait-il passé un événement tragique comme une réplique du *Titanic*, la France perdait toute sa matière grise, elle n'aurait plus eu qu'à fermer.

Je rencontrai Jacques-Henri, dit Paulo. Je le soupçonnais de s'appeler en fait, patronyme compris, monsieur Jacques Henri. Paulo, c'était plus simple, comme il disait. Paulo avait été *dans les armes*. Quand il expliquait cela, sa femme Monique, dite Choune, baissait les yeux comme si elle avait connaissance d'une affaire d'État à ne pas dévoiler. À moins qu'elle n'éprouvât trop de honte à partager sa croisière sur *L'Angelus* avec un menteur. Je pensais pour ma part qu'il avait fini sergent-chef dans l'Armée du Salut, mais tous les autres avaient l'air convaincus par Paulo, comme si eux aussi, d'une quelconque façon, avaient œuvré dans l'armée des ombres et connaissaient intimement ce langage codé.

Les autres étaient assez réussis. Tante Paule avait du flair. Elle nous avait choisi le groupe le plus épatant et elle s'épanouissait au milieu comme une vieille au pays des vieux. Une chose me disait qu'en amour elle n'avait pas dit son dernier mot. Elle traînait en discothèque jusqu'à pas d'heure et, quand je lui demandais ce qu'elle avait bien pu y faire, elle me répondait *dansé, j'ai dansé*. Avec qui ? *Seule. Mais on m'a regardée.*

J'ai fait danser la vieillesse, à commencer par celle de tante Paule. Ça sentait fort, mais ça tournait bien. On riait, on buvait, les hommes se tapaient dans le dos et les femmes réussissaient entre deux danses, et malgré leurs fémurs, à croiser leurs jambes et à siroter un verre en arrangeant leurs cheveux comme des jeunes premières. J'aurais bien vu mes parents se payer de belles vacances comme celles-là. Mon père aurait peut-être ressenti une gêne au début, puis il s'y serait habitué et ma mère aurait volontiers fait la folle, et peut-être même offert gratuitement son corps flapi mais encore généreux.

Je prenais du bon temps au pays de la vieillesse. On finit toujours par trouver ce qui est le mieux pour soi, le plus apte à faire naître un état de bien-être.

J'adorais l'Égypte. J'adorais les momies, les mamies et les pyramides. Surtout celles du buffet, confectionnées en desserts orientaux qui collaient à la langue et aux dents. Le Nil était rectangulaire, propre comme un sou neuf de céramique turquoise. Et moi, comme un poisson dans l'eau, j'offrais par ma seule présence ses plus belles vacances à la vieille tante Paule. Avec Laurette et ma mère, elle faisait désormais partie des femmes de ma vie. Elle buvait dès onze heures du matin, mais sa décence naturelle l'empêchait de sombrer dans l'alcoolisme. Elle se complaisait dans une gaieté un peu masculine mais charmante. La première gorgée avalée, elle nous racontait des histoires abracadabrantesques, que même le chef des armées écoutait bouche bée, regrettant que sa femme n'ait pas un peu moins de tenue et plus de sauvagerie. *Fais comme Paule*, lui disait-il, *allez Choune, montre-nous tes fesses*.

Tante Paule aurait été prête à se faire lancer dans la piscine tout habillée, et avec son fauteuil, pour le seul plaisir d'être regardée. Ses cheveux gris, plantés en arrière, qu'elle retournait aux pointes en un joli rouleau, lui donnaient un air bourgeois. Mais le tee-shirt à l'effigie d'un cochon, qu'elle avait gagné au jeu de l'oie, la modernisait considérablement. Et ses deux jambes, pendant sous le tee-shirt, n'étaient pas trop grosses, un peu épaisses aux genoux et aux chevilles, mais assez saines d'aspect. Aux pieds, elle portait des tongs avec une marguerite, et l'on ne pouvait voir son maillot une pièce bleu marine que lorsqu'elle avait beaucoup bu ou qu'un mauvais bougre du groupe lui faisait une farce à la pizza ou à la crème glacée et qu'elle ôtait son tee-shirt pour qu'on le lui nettoie. Je voyais alors que sa nudité la gênait. Tante Paule n'était pas à l'aise avec son corps. Elle aurait voulu qu'on le lui retaille à ses formes réelles, celles qu'elle avait à l'époque où ses os étaient droits. Elle aurait voulu que ce corps ait quelque rapport avec les éclats de rire qu'elle avait en mémoire.

Un soir, je sentis un curieux rapprochement s'opérer entre la tante Paule et moi, une sorte de tentation. Je me surpris à prendre goût au corps de la vieille. J'aimais bien son eau de Cologne, elle en rajoutait souvent pour lutter contre les mauvaises odeurs. Elle disait qu'elle avait horreur du parfum des cheveux et des corps des vieilles personnes, cette fermentation dans les coins qui vous ferait refuser d'embrasser votre grand-mère, la même qui fait dire aux méchants enfants *mémé, tu pues*. Pour lui prouver qu'elle sentait bon, c'est sur les lèvres que je décidai de l'embrasser en la raccompagnant devant sa cabine. Elle se laissa faire, puis me fit un signe pour m'empêcher d'entrer, l'air affolé. Je lui posai un doigt sur les lèvres et pénétrai dans sa cabine. On voyait qu'elle avait hésité pour sa tenue du soir au nombre de robes qui encombraient son lit. Elle me demanda de sortir, mais je l'assis sur le lit, elle me dit d'arrêter ça tout de suite et je la détendis en me mettant rapidement au travail. Ça lui plut. Elle l'exprima tellement haut que je dus la bâillonner avec un bas, un bas de contention, je crois. Nous fêtâmes nos noces de papier, de coton et d'émeraude en quarante minutes. Elle s'endormit et je pris dans son bagage l'argent qu'il lui restait, puis je partis me coucher dans ma cabine. Blotti contre le mur, je pensais à Laurette et à l'amour que je venais de faire à une vieille dame, puis soudain j’eus peur de la maladie. Par ce rapport non protégé, sans doute la vieillesse m’avait-elle contaminé. J’exigeai le lendemain de me faire rapatrier. Tante Paule attendit qu’un bateau vienne me prendre et porta plainte pour viol.

À mon retour, j'eus l'idée géniale de m'inventer une maladie grave. Une sclérose en plaques. J'avais penché un temps pour la maladie de la pierre, mais c'était assez difficile à faire évoluer simplement. Enfant, j'avais entendu ce nom de sclérose en plaques et pensé qu'il s'agissait d'un gâteau, d'un millefeuille à base de fer. Patricia demanda à contrôler le diagnostic, mais je pris le temps de lui expliquer comme c'était humiliant que mon épouse ait aussi à endurer cette maladie qui n'était qu'à moi et dont je voulais seul porter la responsabilité et supporter les conséquences. *Laisse-moi faire avec ma maladie, je m'en arrange, ne t'inquiète pas.* La maladie me valait la condescendance de Patricia. Ses méchancetés firent place à beaucoup de gentillesse, de souplesse. De temps à autre, je lui disais de ne pas se forcer, qu'elle ne devait surtout pas être aimable ou amoureuse à cause de ma sclérose en plaques. *Ça n'a rien à voir avec ta SEP*, me répondait-elle, *de l'eau a coulé sous les ponts*.

Certains week-ends, prétextant une hospitalisation, j'allais m'enfermer dans un hôtel et je me mettais au lit. On me montait des pâtes sans *r*, ça, c'était resté, ou des omelettes, et je buvais le contenu du minibar en regardant la télévision. Hors de portée, j'étais bien. Je montais avec des filles parfois, de très jeunes filles, ça les flattait, je les trouvais à la sortie des lycées. Ça me plaisait. Elles me rappelaient les amoureuses que je n'avais pas eues. Parfois elles ne voulaient pas se séparer de leur copine, alors elles montaient à plusieurs, et fumaient des cigarettes en me regardant prendre un bain. Elles minaudaient, mais elles surveillaient l'heure, pour que leurs parents ne les attendent pas trop longtemps. Elles craignaient les punitions, sauf les miennes. Elles les exécutaient de bonne grâce. On aurait dit que coucher avec moi était un cadeau. Elles m'étaient reconnaissantes. Elles remerciaient en partant.

Je découvrais des séries à la télévision, et du même coup, la hâte, chaque jour, de retrouver mes héros. J'aurais pu me rendre à des jeux télévisés, ma culture générale étant bonne, mais il aurait fallu que je participe aux épreuves éliminatoires, et je n'en avais pas le courage. Alors je me contentais de railler les mauvaises réponses et de retenir les bonnes quand elles m'intéressaient. Je regardais comment s'habillaient les joueurs. J'aimais bien leurs manières. Certains hommes se rengorgeaient, se donnaient des airs importants, mais ne résistaient pas à l'envie de passer comme les autres un message personnel ou un bonjour. Certaines femmes montraient qu'elles étaient peut-être flattées par le numéro de charme grossier et lourd du présentateur, mais jamais dupes.

Un jour, Patricia téléphona à mon médecin traitant, apprit que personne de ce nom ne professait à l'hôpital, m'emmena de force chez un neurologue qui rendit son diagnostic. Je n'avais pas de SEP et j'étais en très bonne forme. Au lieu de se réjouir, Patricia me traita de menteur et en parla à sa mère.

Les femmes ne savent pas ce qu'elles veulent. Laurette s'était fait faire un enfant pour l'abandonner ensuite, Patricia aspirait à une grande carrière dans la communication et allait finir bonne d'enfants, elle disait m'avoir épousé par amour et me traitait plus bas que terre à présent qu'elle avait des petits. Quant à ma mère, elle soupirait quand j'allais la voir, à cause des traces que ça laissait de respirer.

J'aurais aimé être teinturier et nettoyer les vêtements des autres, ou pompier et les empêcher de brûler. J'aurais aimé être adopté, ou avoir une maladie grave à l'âge de six ans, et qu'on ait tant craint de me perdre qu'on ait à jamais gardé pitié de moi par la suite. J'aurais aimé avoir un chien ou un animal de compagnie très reconnaissant et serviable. J'aurais aimé épouser Laurette et aller au vidéoclub lui louer des films romantiques. J'aurais aimé être médecin et soigner les gens ou m'habituer à les voir mourir sans que cela m'atteigne.

– Pousse-toi de là. Tu encombres. Où veux-tu que les enfants déjeunent si tu restes planté comme ça ?

Patricia me houspillait constamment, et ça faisait beaucoup rire ses enfants. Ils riaient tellement que de leurs bouches grandes ouvertes s'échappaient les purées. Patricia m'ordonnait de partir, de laisser les enfants manger tranquillement.

Elle qui ne m'avait plus accompagné nulle part depuis des mois exigea de me suivre au commissariat, où je devais être interrogé dans une affaire de viol sur personne âgée.

– Tu l'as fait ? Dis-moi que tu l'as fait. Je suis sûre que tu l'as fait. Tu as violé tante Paule, c'est ça ? Hein ?

Je ne répondais pas, nous marchions vers le commissariat et j'écoutais tranquillement ses insultes, sans maugréer. Les passants me plaignaient. Les enfants me montraient du doigt. Les policiers me réservèrent un accueil déplacé. Il n'y avait pas là un homme pour croire qu'une grabataire pouvait encore éprouver des envies et ressentir du plaisir. L'éducation du monde entier était à refaire. On allait donc laisser les vieilles dames toutes desséchées dans leur coin ? Je fis une tentative d'insurrection, pestant contre l'égoïsme des jeunes loups qui n'en avaient que pour les grandes blondes à cheveux raides et à gros seins. Un policier me secoua par les épaules. Un autre s'escrimait à chercher un stylo dans le commissariat afin de me crever les yeux. Patricia demanda qu'on me mette au frais. Elle avait entendu dire ça dans des téléfilms. Elle répétait *mettez-le au frais, je vais rentrer, je dois m'occuper de mes enfants, mais, de grâce, gardez-le au frais*. Elle ne rentrait pas, je crois qu'elle aimait me contempler derrière les barreaux. Quand on l'interrogea sur mon mode de vie, sur une éventuelle dépendance à la drogue, elle répondit par l'affirmative. Je me permis de protester, mais on me cria de me taire. *Oui, tais-toi*, hurlait Patricia, *toi tu violes et moi je parle, qu'on en finisse.* Elle expliqua que j'avais des problèmes de sociabilité depuis l'enfance et que je n'avais jamais été capable d'aimer mes propres bébés. *Il n'aime personne, il n'aime que lui. C'est moi qui l'entretiens, c'est moi qui m'occupe des enfants. Lui, il martyrise, tout et tout le monde, depuis toujours.* Pourquoi vous l'avez épousé alors ? *Parce que je l'aimais, parce qu'il était différent, pas normal, pas comme les autres, et parce qu'il a accepté. Et puis, pour une femme, l'ambition d'épanouir un homme, c'est beau, vous comprenez ?* On se calme. C'est moi qui pose les questions : c'est beau de fabriquer un violeur ?

Ça partait dans tous les sens. La justice s'en prenait à Patricia et elle avait raison. Patricia n'avait jamais su faire de moi quelqu'un de réussi. Quelqu'un dont on aurait pu dire : C'est un grand homme ou même un homme bien. Elle s'était laissée aller à ses rêveries de femme rangée et elle avait eu tort. Rien n'est moins définitif qu'un mariage. Elle aurait dû m'en parler et je le lui aurais expliqué. Mais à quoi bon me parler, à moi, le pestiféré ? Plutôt s'assoupir mollement sur l'herbe tendre et boueuse d'un couple médiocre.

Tante Paule avait été convoquée, puis mes beaux-parents, et même Lilas, la femme de ménage rapporteuse. De temps à autre, les policiers passaient comme des cadors, le doigt sur la détente et l'œil vif. Ça me faisait rire. Il y en avait un qui avait trébuché sur le sac d'une jeune fille traumatisée, et elle avait hurlé.

Lorsque tante Paule arriva, elle ajusta ses lunettes et dit *c'est lui*. Elle l'avait vu faire dans les films. Ma belle-mère la rabroua *oui oui, on sait, tante Paule, on n'est pas là pour le reconnaître, mais pour signer votre déposition. Et puis ne le regardez pas comme ça, vous allez l'exciter*. Alors tante Paule regardait discrètement dans ma direction. Je lui fis en guise de bonjour un petit geste de la main, qu'elle ne me rendit pas. Les vacances l'avaient changée, elle n'aurait jamais dû en prendre, ça l'avait affreusement déglinguée, rendue amère. Un gâchis.

La vie était un éternel recommencement. Je fus examiné par un psychiatre qui me sembla parent de l'un de ceux qui m'avaient reçu à l'école pour les tests. Il me parlait gentiment, ne notait rien, hochait la tête comme s'il me comprenait. Je lui parlai du désir des dames âgées. Je lui dis aussi que j'aurais bien pris la place du fiancé de Laurette. Je lui expliquai que Patricia était anormale. Sa folie guettait depuis longtemps. Ce souvenir d'enfance qu'elle m'avait raconté, à propos du jour où elle s'était sentie trahie quand elle avait appris que sa mère ne passait pas la journée entière postée derrière les grilles de l'école. La sotte pensait que, après l'y avoir déposée, sa mère restait jusqu'à l'heure de la sortie à s'ennuyer sur le trottoir avec les autres mères. C'était comme ça que certaines d'entre elles finissaient contractuelles ou prostituées. Patricia croyait que, au moment de la récréation, les maîtresses cachaient les parents pour qu'ils ne soient pas tentés de récupérer leurs enfants plus tôt. Petite fille, sa maladie rampait déjà. Cette façon qu'elle avait, adolescente, de faire semblant de boiter pour qu'on la plaigne ou de rentrer certains doigts dans la paume de sa main pour faire croire qu'il lui en manquait. Cette habitude qu'elle avait de marcher près d'inconnus qui lui plaisaient pour faire semblant d'être avec eux. Elle me l'avait avouée, et je l'avais vue, un jour, se coller à un homme seul qui poussait un landau. Je racontais aussi au docteur la grande bêtise qu'elle devait cultiver pour s'attacher autant à des bébés.

Pendant ce temps-là, Laurette enseignait à de grands étudiants, plus grands qu'elle parfois, des matières qui la rasaient, et elle se demandait où j'étais. Elle traînait quelquefois dans notre rue, aux heures où elle était sûre de ne pas y croiser ses parents. Elle levait ses yeux vers la fenêtre où elle ne percevait plus mon ombre, mais seulement celles des oiseaux de nuit qui mouraient au matin comme des lucioles. La pauvre fille n'aimait plus son fiancé et se demandait comment elle avait pu vivre déjà si longtemps auprès de lui. Avant lui, elle avait eu une liaison avec un sale type qui passait son temps à s'envoyer en l'air avec des hôtesses de l'air et lui reprochait de ne pas être assez sexy. Il excusait ses pannes sexuelles en lui confirmant que, vraiment, elle ne savait pas aguicher les hommes, qu'elle ferait bien de porter des jupes lacées d'un fil de cuir et des bottes à talons. Il lui demandait de se déhancher au milieu du salon et, pendant qu'elle s'exécutait, leurs yeux se remplissaient de larmes, les siens à elle parce qu'elle ne savait pas ce qu'elle fichait avec un pauvre type, les siens à lui parce qu'il ne pouvait rien contre son impuissance chronique. Le dimanche matin, ils allaient au marché acheter de la saucisse et du pain. Devant les séries télévisées allemandes du dimanche après-midi, elle espérait lui soutirer un peu d'amour, mais il restait mou comme un morceau de graisse. La retournant, il essayait d'arriver à quelque chose, mais rien n'y faisait. Il pensait à une croupe d'animal, de chatte, de chèvre, de chamelle, et finalement se relevait pour aller se chercher une bière, *bien fraîche*, disait-il en la décapsulant, tandis que Laurette remontait sa culotte. Elle l'avait quitté pour un vieux et gentil professeur de droit, puis avait passé des mois à se demander comment elle était restée si longtemps avec l'impuissant, comment elle avait pu se remettre en question et douter d'elle-même, comment elle s'était docilement laissé ôter caractère et raison de vivre. Puis le vieux professeur de droit était mort et elle avait rencontré son nouveau fiancé. Le soir, dans leur lit, elle se remémorait son viol avec plaisir. Ça lui faisait quelque chose de penser à moi. Quand son fiancé lui demandait *à quoi tu penses ?* elle répondait *à rien*, et il disait *à qui alors ?* et elle répondait *pas à toi en tout cas.*

Mes parents se querellaient sans trêve à mon sujet. Quand ils me rendaient visite, ma mère regardait l'horizon en se demandant à haute voix ce qu'elle avait fait pour mériter ça. Pendant qu'elle radotait, j'expliquais à mon père, lui qui était un homme, que non seulement tante Paule avait été tout à fait consentante, mais qu'elle avait même provoqué notre union. Mon père me demanda un jour d'arrêter de me donner tant de peine à mentir, que Laurette aussi avait porté plainte pour viol. Patricia l'avait décidée à le faire. Elle lui avait expliqué qu'après elle se sentirait mieux. Mes parents connaissaient donc une version de l'affaire, celle de Laurette, et bien sûr c'était elle qu'on croyait, parce que la parole d'une fille-mère pèse bien plus, évidemment, que celle d'un fils.

Laurette avait raconté qu'une nuit j'étais entré chez elle pour la violer. Elle n'avait pas hurlé, elle le reconnaissait, parce qu'elle comptait, en acceptant, faire cesser le harcèlement pesant sur elle depuis l'adolescence, et j'avais promis de la laisser dès que j'aurais eu ce que je voulais. Elle s'était offerte pour qu'ensuite je disparaisse. Un peu facile, si je peux me permettre, mais mon père ne me permettait pas. Car un enfant était né de cette union. Je me gargarisais, *et n'est-ce pas un peu trop simple de faire de moi la raison de son inaptitude, de son incapacité face à la maternité ? C'est une égoïste.* Ma mère me clouait le bec, *tais-toi, violeur infâme.* Et mon père lui ordonnait de se taire, *tu sais bien qu'il n'est pas normal.*

Un avocat à catogan, qui riait tout seul de ses jeux de mots idiots, était chargé d'assurer ma défense. Lors de ses visites, il se démenait pour me détendre, mais ça ne marchait pas parce que j'étais déjà détendu, parce que j'allais sortir bientôt et être rendu à une existence paisible. Il me promit de faire son possible pour qu'on m'interne. Je lui dis que cela me touchait beaucoup, mais que je préférerais un externat. Il me répondit que s'il parvenait à démontrer que j'étais fou, ce serait le seul moyen de m'éviter la prison et de me faire soigner. Il voulait qu'on ne me sépare pas définitivement de mes enfants. Il se battait contre des moulins à vent ; quant à mes enfants, il pouvait se les garder. C'était tellement égocentrique, les humains à enfants, tellement prétentieux, fiers de soi. Ça n'en avait rien à fiche de sa progéniture, ce qui réjouissait, c'était de trouver des ressemblances, et d'avoir l'impression d'avoir accompli quelque chose. Les femmes se pâmaient devant leurs grenouille, chat, cœur, bout, chouchou, hibou, joujou, pou, et les hommes imitaient leurs femmes, et nous vivions sur une planète de pestiférés n'ayant jamais aimé que leur nombril et son prolongement.

Seul au monde, j'attendais le jugement. Je comptais bien leur dire, aux misérables, le peu d'émoi que m'avait procuré ma coucherie avec tante Paule, et combien je trouvais grossier de me faire payer cet égarement deux fois. Ce n'était pas eux qui s'étaient collés sans réticence à ce vieux corps, ni eux non plus qui s'étaient donné du mal pour le faire vibrer un peu. C'était facile, après, de juger. Comme si c'était simple, d'envoyer une vieille au septième ciel. On ne m'y reprendrait plus, je le promettrais aux jurés, je leur expliquerais, je leur déconseillerais la pratique, *passé un certain âge, elles n'ont même plus la reconnaissance du plaisir*.

J'appris par mes parents que Patricia avait mis à la disposition de Laurette un droit de visite. Régulièrement, elles se voyaient. Ces deux-là finiraient ensemble, c'était sûr, ça tournait autour du pot, mais ça voulait ce que ça voulait, et ça ne devait pas dater d'hier. J'y étais ! Les deux petites perverses m'avaient coincé derrière les barreaux pour consommer leur attirance. J'y voyais clair à présent. C'était bien ça. Et c'était même tante Paule qui avait eu l'idée d'orchestrer cette mascarade. Avant la croisière, Patricia et Laurette s'étaient plu et tante Paule avait dû leur dire *mes petites filles, ne vous en faites pas, soyez heureuses, je m'occupe de tout*. Quelle affreuse mesquinerie. Ça couvait depuis le lycée. Et ça n'était même pas capable de l'avouer simplement en face. Les choses se précisaient. La tumeur grossissait autour du noyau dur formé par Laurette et Patricia. Était-ce Patricia qui avait suggéré à Laurette de se faire faire un enfant ? Était-ce Laurette qui avait suggéré à Patricia de faussement le détester, au début ? Qui faisait quoi ? Qui voulait qui ? Qui prenait quoi ? Et moi ?

Moi, j'étais seul. Même Lilas, dont j'avais pourtant soigné les boutons, était allée raconter que j'étais un pervers. L'abandon a quelque chose à voir avec la mort. J'aurais voulu me venger, mais je n'avais pas d'ami pour m'aider. J'aurais voulu me faire passer pour un policier et apeurer mes proches en les accusant de meurtres qu'ils n'auraient pas commis. Ou bien leur adresser toutes les nuits des appels raccrochés et les sortir de leur premier sommeil avec ravissement. J'aurais voulu faire pipi aux quatre coins du bureau de Patricia après l'avoir détruit à coups de pied. J'aurais voulu posséder n'importe quelle fille à n'importe quel moment, sur un grand bureau laqué d'homme d'affaires riche et radin. J'aurais voulu qu'elles attendent sagement leur tour derrière la porte, impatientes, mais sans pousser. J'allais finir en prison, elles avaient réussi leur complot. Je me débattais comme un brave, mais les braves n'ont pas leur place en ce monde.

L'avocat promettait toujours qu'il m'obtiendrait l'hôpital psychiatrique, et Patricia aimait ces termes-là. Elle avait l'impression de vivre pour de vrai un feuilleton passionnant. Elle regrettait que je n'aie pas encore fait de tentative de suicide. Ça lui manquait, de ne plus pouvoir dire SEP, ça lui aurait plu d'enchaîner les formules angoissantes, comme *mon mari est en HP suite à une TS*. Dotée de ce nouveau langage, elle se serait sentie importante et responsable.

On me fit savoir que Laurette et son nouvel amant avaient réclamé la garde partagée d'Eudes-Blaise avec Patricia, qui la leur avait accordée. Le monde devenait fou. Mon avocat fut bon. Il gagna. On m'enferma.

Ce qui était voluptueux, dans l'éternel recommencement, c'était de retrouver des lieux. L'impression de déjà-vu était mystérieuse et envoûtante. Je n'étais pas retourné à l'hôpital des Edelweiss depuis ma dernière visite à madame X. On me fit entrer par-derrière, dans le service des cas sérieux. Je n'avais pas accès au jardin où j'avais compté les doigts de madame X mais mon département était quand même doté d'une cour carrée et fleurie de géraniums que certains malades arrachaient pendant que d'autres les replantaient. C'était le cycle de la nature. Les rapaces la détruisaient, les bons la protégeaient. Je faisais partie des intellectuels qui réfléchissaient au cycle des plantes et au pourquoi des tiges, mais n'y touchaient pas de peur de s'y piquer. Les infirmiers nous sortaient deux fois par jour dans cette cour, nous conseillant de courir ou de faire les pieds au mur, mais nous interdisant de les escalader. Certains d'entre nous grattaient avec les doigts, espérant creuser un tunnel sous le mur. En nous rentrant, les infirmiers saccageaient le travail avec détachement, d'un frottement de semelle qui ramenait la terre soulevée dans son trou.

J'occupais un étage élevé, qui me permettait de voir le jardin de madame X qu'un mur séparait de notre cour. Je regrettais de ne pas y avoir accès, car j'aurais voulu vérifier de plus près si ce n'était pas madame X, au loin, qui embrassait les arbres et passait beaucoup de temps à les enlacer. J'aurais bien voulu épouser madame X et qu'on vive heureux ici, enfermés, loin des cons, avec notre nouvelle famille. On aurait pu exiger l'internement des gens auxquels on tenait. Il n'y avait plus personne à qui je tenais, mais elle, peut-être que ça aurait fait son bonheur qu'on enferme mon père avec nous. Et pour elle, j'étais d'accord, pour elle qui avait fait de moi un homme, je voulais bien passer l'éternité avec mon père. Pendant qu'elle parlerait à son arbre, mon père et moi la regarderions, de dos, et on serait d'accord pour penser qu'elle avait une belle chute de reins, malgré l'âge, la maternité et la maigreur. Le soir, quand il n'y aurait plus d'arbre pour la défendre, on la prendrait chacun son tour dans notre lit et on lui raconterait la mort de son bébé pour l'aider à s'endormir, qu'elle n'aie plus peur de la mort. On lui expliquerait comme ça vient d'un coup, et on ferait jouer l'interrupteur en position jour, puis nuit, pour illustrer notre raisonnement. Quand on éteindrait la lumière pour la dernière fois, elle mourrait, et ressusciterait chaque matin dès qu'on l'allumerait. Pour nous, elle serait une sainte et nous serions ses santons. Nous irions sur les chemins de l'hôpital annoncer la bonne nouvelle aux amis, et leur dire d'arrêter de se battre pour une tige de géranium, que c'est sans issue. Qu'il vaut mieux lutter pour la suprématie des ombres et arrêter avec la mesquinerie.

Toute ma vie, j'avais aspiré à cet enfermement-là, mais je n'y étais pas parvenu plus tôt, faute d'en avoir eu simplement connaissance. J'avais déjà senti monter le bien-être durant mon séjour sur *L'Angelus*, cette impression de petit monde, de planète à ma dimension. Mais je ne comprenais pas, que, enfant, on ne m'ait pas placé dans un endroit comme celui-là, où j'aurais pu m'épanouir pleinement, et peut-être même étudier ma médecine. La foule m'avait noyé. Il y avait trop d'espace et je n'avais pas su le remplir. J'avais donc gâché trente-cinq ans de ma vie à ne pas connaître l'existence de ces endroits privilégiés où les êtres de même qualité vivent entre eux et ne se perdent plus. J'avais le sentiment d'avoir été trahi, comme un poisson de bocal qu'on emmènerait aux Antilles le jour de sa mort, ou comme un enfant obèse sous le nez duquel on retirerait une couche de pâte à tartiner au chocolat pour ne lui laisser que le pain sec et ses yeux pour pleurer.

Enfant, j'avais un rêve qui revenait souvent. Je jouais à dessiner sur une vitre embuée, et la vitre soudain reflétait mon image. Je me voyais, c'était bien moi, grabataire et tordu, émacié, grisonnant, voûté, et je me souriais. Je passais la main sur la vitre pour en ôter la buée et brouiller mon image, mais le vieux bonhomme sortait de la fenêtre et m'avalait. Moi aussi, j'étais vieux. Je passais de l'enfance à la vieillesse sans connaître l'âge adulte. J'étais vieux et sénile, je touchais aux jouets de la chambre, et je me disais *c'est bien, rien n'a bougé depuis soixante-dix ans*.

Enfant, on m'avait enseigné la famille, le travail, les autres. Enfant, j'avais tué un enfant et j'étais devenu adulte, mais mon âme s'était égarée. Elle errait loin, au pays des ombres.

La société m'avait refusé l'accès à la médecine, à l'amour et à l'insouciance. Elle avait fait de moi un horla, un laissé-pour-compte. Le bonheur était l'apanage des sauvages, des indélicats. Doté à la naissance d'un minimum d'innocence, l'homme se voyait écrasé, sa vie durant, par les autres et leur infini pouvoir de destruction. Et par le malin plaisir qu'ils prenaient à s'en servir. Houspiller, écraser, souiller, anéantir. La délicatesse leur était arrachée au berceau, elle n'avait pas sa place ici, au pays des menteurs.

Parfois je crachais mes médicaments, et je les gardais dans mes chaussettes. Je les avalais tous ensemble, d'un coup, plus tard, quand ça me chantait. Parfois je ne pouvais pas les conserver, car l'infirmier me faisait ouvrir la bouche pour vérifier que je les avais bien pris. Je n'aimais pas les imaginer au-dedans, transformés en collier, comme ceux qu'enfant on s'échangeait. Pas moi, mais les autres. L'amour devait ressembler à ce bijou coloré, fait de petites pastilles innocentes et funambules qu'on croquait une à une jusqu'à ce qu'il ne reste que l'élastique détendu.

L'ordre établi de mes jours ne m'était pas désagréable, bien au contraire. C'était du sur-mesure qui répondait exactement à ma faim, mon sommeil, à mes besoins de mouvement. Je me sentais chaque matin prêt pour une nouvelle journée, ne suppliais jamais qu'on me laisse couché, j'avais mille choses à faire, des rêves à accomplir. Hormis ce regret du parc d'en face, mon existence filait sans drame ni rancœur, sans dommage, et je savais que bientôt on m'autoriserait ce que je voudrais, même l'escalade du mur pour gambader dans le parc. J'avais confiance en l'humanité, je la savais douée de la terrible faculté de se faire des ennemis parfois innocents et très faibles, mais je la savais aussi lâche et peureuse, et j'aimais les animaux sans qualité.

Noël était étonnamment réussi ici. Les infirmières fabriquaient un arbre dans la salle de détente, avec des boules de papier que nous avions coloriées. La préparation de l'arbre nous prenait des mois, parce que les dessins des uns n'étaient pas toujours du goût des autres, qui alors les déchiraient ou dessinaient par-dessus. Une infirmière nous recommandait de colorier la feuille uniment et d'en faire une boule, elle y passait ensuite un petit fil, et le plus sage de la journée allait les accrocher dans l'arbre. Mais, entre les séances de coloriage, certains d'entre nous mâchaient les boules, déplumaient le sapin, et l'infirmière ne perdait pas patience, elle semblait habituée à ce que Noël dure toute la vie. À la veillée, on chantait les mêmes chants que ceux de mon enfance, mais on faisait les idiots, alors que, enfant, en revenant de la messe de Noël, je n'aurais jamais osé bousiller les paroles. C'était sans nostalgie que je pensais aux Noëls passés avec mes enfants. Cette orgie de cadeaux et leurs regards violents quand l'un de ceux qu'ils avaient commandés venait à manquer. Mes enfants étaient monstrueux et ma femme, folle d'eux, se perdrait en les perdant.

Quand ce n'était pas Noël, c'était Pâques, mais l'animation était négligée. Seul un des pensionnaires dessinait des croix dans le couloir et provoquait des disputes en en dessinant sur le corps des autres et en tentant de les crucifier.

Quand ce n'était ni Noël ni Pâques, on attendait que ce soit Noël ou Pâques, on regardait la pluie se transformer en neige. On aimait bien l'été aussi, on regardait pousser les têtes des géraniums et on se mettait pieds nus dans la cour pour profiter de la chaleur d'un matériau chaud contre nos corps froids. On aurait bien fait l'amour, je crois, mais les médicaments nous calmaient. On va calmer ses ardeurs avec ça, avait dit un médecin en tendant un tube à une infirmière à qui j'avais demandé un petit service pendant qu'elle se baissait pour ramasser quelque chose. Elle avait déclenché l'alarme qu'elle tenait dans sa poche comme une perdue et me hurlait de remettre immédiatement mon pantalon et de me tourner face au mur. *Petite sadique*, je l'avais traitée de petite sadique et le médecin était entré, avait vu la blouse arrachée de son infirmière, dont il devait profiter lui aussi, malgré ses airs choqués, et avait dit entre ses dents *P'tit con*.

Mais je n'étais pas sourd, l'acuité de mes sens était même hors norme et je l'entraînais plus ici que je n'avais eu l'occasion de le faire pendant la vie. Ici, ce n'était pas la vie. C'était doux, c'était chaud, c'était étranger, c'était lent, il y avait des couloirs, des lumières et des parois, mais ce n'était pas la mort non plus.

Ma mère, mon père, ma femme, tous avaient d'une seule voix exigé mon enfermement définitif. Avant moi, il y avait eu Camille Claudel, on n'aimait pas les surdoués ici-bas, non, on n'aimait pas, on craignait de me laisser exceller. La coalition n'avait pas tardé à s'organiser. Il suffisait d'avoir le menton dans l'eau pour que l'on vous y plonge le crâne entier. C'était un théorème, celui qu'on aurait dû apprendre aux enfants à la place de celui d'Archimède. Mon génie les rendait dingues, m'enfermer les sauvait. Ils n'avaient pas vu en moi le porteur de bonnes nouvelles que j'étais venu incarner, et avaient préféré détruire leur idole plutôt que de l'adorer. Ils avaient ordonné qu'on me pique et qu'on me force à courir dans une cour murée. J'étais l'objet d'un effroyable complot. Mais ils ne soupçonnaient pas qu'ils faisaient enfin mon bonheur. En courant dans ce terrain vague, c'était en moi que je revenais. Je rattrapais le temps perdu. J'étais devenu un prisonnier épanoui. Ça finirait par se savoir, ça étonnerait.

Et ce que je voulais par-dessus tout, c'était qu'on m'enterre sur le ventre. On demande toujours aux morts de dormir sur le dos, les yeux collés, la bouche ourlée, les mains serrées autour d'un chapelet. On demande aux morts de se tenir raides, et moi je voulais dormir en boule. Je ne voulais pas qu'on me mette le feu. Je voulais que, dans le cercueil, on m'installe sur le ventre, les deux poings serrés sur le nombril. Mon nombril. Je prendrais ensuite l'éternité pour essayer de défaire le nœud.

Claire Castillon dans Le Livre de Poche

Le Grenier nº 15365

La narratrice est une jeune femme amoureuse. L'homme, Simon, est marié. Ses absences, ses mensonges, le foyer conjugal où il retourne, tout cela la déstabilise. Il est heureux, elle ne l'est pas. C'est dans un souvenir d'enfance qu'elle a retrouvé l'image du grenier. Elle se perçoit comme un grenier. Son corps lui sert à entasser de la mémoire, des êtres imaginaires. La semence de son amant. Et puis ce qu'elle mange, dans une boulimie qui lui fait avaler jusqu'aux lettres de Simon, voire son permis de conduire, « avec la photo et l'agrafe ». Une écriture vibrante, un style rapide, des mots tour à tour crus et doux : ce premier roman plein de colère nous offre le portrait d'une femme qui puise au fond d'elle-même les forces dont elle a besoin pour guérir ses blessures et apprendre à composer avec la réalité.

Je prends racine nº 15448

« Je voudrais un homme avec deux jambes, capable de faire les pas que je n'ai plus envie de faire, un homme à mes côtés, tous les 28 du monde [...] Je voudrais un homme talentueux pour m'expliquer où est le beau. Un homme qui me fasse des enfants puis me défende s'ils deviennent vils [...] Je voudrais qu'il m'épouse encore, chaque 28, et infiniment répète le oui dans toutes les langues. Qu'à soixante ans l'on se rende compte qu'on a oublié l'essentiel, peut-être nos consentements en Chine, et qu'à pied, jusqu'à la Muraille, on parte les récupérer. » Avec naïveté et lucidité, tendresse et exigence, Cécile Valette raconte son quotidien étriqué de jeune vieille fille enlisée dans une vie où elle n'ose prendre le risque d'avancer. Dans ce roman pathétique et drôle, on retrouve le style si particulier de Claire Castillon, intense, poétique, plein de folie et de fureur douce.

La reine Claude n° 30081

« C'est l'histoire de ma vie qui a croisé la tienne, c'est l'histoire de nos nerfs en crise, de deux malades qui n'ont que l'amour pour moteur, la rage de rester haut. C'est l'histoire de deux têtes capables de se saborder pour que l'autre ne meure pas. C'est l'histoire du sillon creusé depuis cette rencontre-là, le long duquel poussent les fées et les fleurs. C'est l'histoire d'un prunier à déraciner parce qu'il s'est fichu au milieu, et les fleurs n'ont plus d'eau. Il faut l'abattre, en faire du bois, le bois de notre croix et celui de nos feux. Tu ne mourras pas. Je t'aime. »

Du même auteur :

Le Grenier, Anne Carrière, 2000 ; Le Livre de Poche, 2002.

Je prends racine, Anne Carrière, 2001 ; Le Livre de Poche, 2003.

La reine Claude, Stock, 2002.

Vous parler d'elle, Fayard, 2004.

Composition réalisée par FACOMPO (Lisieux)

IMPRIMÉ EN ESPAGNE PAR LIBERDÚPLEX
Barcelone
Dépôt légal éditeur. : 58787-05/2005
Édition 01
LIBRAIRIE GÉNÉRALE FRANÇAISE - 31, rue de Fleurus - 75278 Paris cedex 06
ISBN : 2 - 253 - 10918 - 5

31/0918/8